愛はないけれど、エリート外交官に今夜抱かれます～御曹司の激情に溶かされる愛育婚～

紅カオル

目次

愛はないけれど、エリート外交官に今夜抱かれます
～御曹司の激情に溶かされる愛育婚～

本気で結婚するつもりですか？

体をなぞる碧唯の繊細なタッチの指先が、優しいキスが、あたかもそこに愛があるように南を勘違いさせる。

乱れた吐息は溶け合い、ひとつになった体はベッドでふしだらに交わった。

ふたりの間に愛は不要であり、むしろ邪魔なもの。それを抱いてしまったら、この結婚は意味を失う。

だって、ふたりが選択したのは友情婚だから。嫉妬や疑念に囚われず、平穏に過ごすために結んだ契約だから。

南自身が望み納得した結婚の形なのに――それなのに熱い想いが、碧唯に揺らされるたびに突き上げるように満ちてくる。

（ダメ、好きになったらいけないの……！）

必死に抑えようとすればするほど、息せき切って溢れる気持ちが止まらない。

彼の気持ちはそこにないとわかっていながら求めずにはいられず、彼にしがみつき背中に爪を立てる。

愛なんて生まれないと思っていた。一生、友人でいられる相手のはずだった。彼の腕に抱かれながら、激しく葛藤する。

誤算に色塗られた結婚初夜は、切ない想いとは裏腹に淫らに更けていった。

＊＊＊

恋か仕事か、どちらかいっぽうを選べと言われたら迷わず仕事を選ぶ女。仕事ひと筋で恋には興味がなさそう。

他人から見た自分の印象を人づてに聞いた倉科南は、やっぱりね……とため息を漏らした。

実際には南にそのふたつの選択肢はなく、仕事を選ばざるを得ないのが切ないところである。

最近は〝仕事が生き甲斐の女〟だとか〝女史〟などと言われるまでエスカレート。女性としては手放しで喜べないイメージが先行して、本当の自分とどんどん乖離していくいっぽうなのだ。

ぱっちりした目元に、小さいけれどぷっくりした唇。肩甲骨まである緩やかな癖のある栗色の髪は、艶(つや)やかな絹のよう。百合の花のように優美な顔立ちをしているが、それを生かせていないのか二十八歳にもなって浮いた話はひとつもない。

恋人がいたのは大学時代のたった一度きり。それもわずか半年で振られたため、どうやって恋愛したらいいのか本人にすらわからない。

「南さ～ん、助けてくださ～い！　このあとってどうしたらいいですか？」

背中合わせの席から南に助けを求める声がした。

顎のラインで揃(そろ)えられたワンレンボブに子鹿のような優しい目をした、四つ年下の神尾真帆(かみおまほ)である。

万歳する仕草は、まさにお手上げ状態。南は作業の手を止めて、彼女のもとへキャスター付きの椅子を滑(すべ)らせた。

「ちょっと見せてみて」

「ここです」

真帆がパソコンの画面を指差す。

そこには地図情報システムと人口統計データを用いたソフトで導き出した、商圏分析の途中経過が表示されていた。あるチェーン店のデータである。

「あ、ここね。半径二キロ圏内の人口データの結果だけでは、それが多いのか少ないのかわからないわよね？　だから比較軸やしきい値が必要になるの。そういう場合は……」

　南がパソコンを操作して、手慣れた様子で入力していく。データ分析ならお任せ、お手の物である。

「なるほど。さすが南さん、ありがとうございます！」

　パチパチと手を叩いて南を称える真帆を見て、ふと思い出す。

「そういえば真帆ちゃん、問い合わせへの返信をくれた相手先にお礼のメールは済ませてる？」

「あっ、いけない。まだでした」

　真帆は目を大きく見開いて、口元に手をあてた。

「メールはなるべく早いレスポンスを心がけようか。たとえこちらのほうが上の立場でもね。メールの返信ひとつで信用度は上がりも下がりもするから」

「はい、気をつけます。すぐに返信しますね。ありがとうございました」

　素直に聞き入れた真帆のデスクを離れ、自分の作業に戻ってすぐ――。

「南さん、僕もちょっと見ていただけますか？」

　べつのほうから南を呼ぶ声がした。

立ち上がって彼のもとへ急ぎ、「ここはこうして……」と同様に素早く解決。

「そうか、そうすればよかったんですね。ありがとうございました」

「どういたしまして」

尊敬の眼差しでお礼を言われ、にこやかな表情で自席に着いた。

ここは『株式会社ソーシャルリンク』、三十代の若き社長が一代で興した日本有数のマーケティング会社である。

大学を卒業後入社した南は、多種多様な業界のマーケティング調査を手掛けるクリエイト事業本部に所属している。お互いを下の名前で呼び合うなど、比較的自由な社風で風通しのいい会社だ。

フレンドリーな雰囲気のためか社内恋愛も多い。おかげでランチタイムになると休憩室にはあちこちにカップルの島ができ、座る場所に苦慮するときもある。

そんな場合は邪魔しないように距離を取りつつ、そそくさとお弁当を食べて引き上げる。羨(うらや)ましさ半分、諦め半分といったところだ。

仕事ひと筋でやってきた南は気づけば社内で頼れるお姉さん的ポジションになり、後輩や同期はもちろん先輩の信頼も厚い。そのせいだろうか、恋愛対象として見られなくなって久しい。

小さい頃に頭の中に描いていた未来予想図では、とっくに結婚して子どももひとりくらいいて、あたたかな家庭を築いているはずだった。

それには南のトラウマも関係しているが、恋人すらいない悲しい現実である。

そんなわけで近頃は将来に大きな不安を抱えていた。

このまま誰とも恋をしなければ、親が亡くなったあとにはひとりきり。妹がいるが、彼女には彼女の人生があり、いくら姉妹だからといって生涯べったり一緒にいるわけにはいかないだろう。鬱陶しがられるのが関の山だ。

「はぁ、この先どうなっちゃうのかな……」

「どうしたんですか？　南さんらしくない弱気な発言ですね」

思わず漏らしたひと言を聞きつけた真帆が目を丸くする。

退勤時間を過ぎたレストルームは、今夜の彼氏とのデート話で盛り上がっていた。お化粧直しにも余念がない。

聞いているだけでウキウキしてくるが、ネタのない南は聞き役一択だ。

「あ、ううん、昨夜観たドラマはあのあとどうなるのかなって」

バッグにハンカチをしまいながらはぐらかす。

昨夜はベッドで本を読みながら寝落ちしたため、テレビ番組はなにも見ていない。

明け方近くに部屋の電気が煌々とついていて目が覚めた。

「あっ『マシンガントークで眠らせて』ですよね？」

彼女がパッと顔を輝かせ、人気ドラマのタイトルをあげる。

推理オタクのヒーローが日常にひそむ小さな謎に迫りつつ、天然系ヒロインとの恋模様を描いた今話題のラブコメだ。切れ味抜群の軽快な語りをするヒーローと、ほわんとした雰囲気のヒロインとのかみ合わないやり取りがおもしろいと、連日ネットを賑わせている。

「う、うん、そう」

観ていない南も適当に合わせる。

「私も気になりますー！　毎晩あの弾丸トークで眠れる彼女はすごいですし、前回のラストに車の助手席に落ちていた眼鏡のレンズと指サック、どうやって伏線回収するんでしょうね」

よほどはまっているのか、彼女のテンションは上がるいっぽう。「そうね」と相槌を打つ南相手に、名探偵も顔負けの推理をはじめた。

彼女の話だけで一話分、いや二、三話分を観た錯覚に陥る。

一生懸命解説する後輩を無下にはできない。南は相槌を打ちながら真帆の話に耳を傾けた。

「っと、いっけない。彼を待たせちゃう」

ドラマの結末にまで及んだ推理に満足し、彼女が腕時計を見てハッとする。

「じゃ、南さん、私行かなくちゃ。長々とすみません。お疲れさまでしたー」

「お疲れさまでした。デート楽しんでね」

満面の笑みで手を振りながら去っていく真帆を見送り、南もバッグを肩に提げてレストルームを出た。

金曜日の夜は、いつにも増して同僚たちが浮足立つ。週末を前にしているからお泊まりコースだろうか。

（私はなんの約束もなく直帰だけどね）

心の中で自虐しつつエレベーターを待っているときだった。バッグの中でスマートフォンがヴヴヴと鈍い音を伝えてきた。その振動の長さから電話の着信だとわかる。

（お母さんかな。牛乳を買い忘れた？　それともティッシュペーパーかな）

今朝、それらを切らせたと言っていたのを思い出した。帰りにスーパーに寄って買ってきてほしいという連絡かとあたりをつけたが……。

「えっ、碧唯くん？」

予想外の人物の名前が画面に表示されていた。

瀬那碧唯——ふたつ年上の南の幼馴染である。

エレベーターの扉が開いたが、先に乗り込んだ人たちに会釈をしてその場から離れる。応答をタップしてスマートフォンを耳にあてた。

「碧唯くん、どうしたの？」

《久しぶりだな、南》

やわらかくあたたかみのある声が耳をくすぐる。

「うん、ほんとに。今そっちは何時？」

《六時》

「朝の？　でも時差は十二時間じゃなかったような……」

外交官の彼は現在、イタリアにある日本大使館勤務である。

五月はサマータイム中だから、日本とは七時間の差がある。現在は午前十一時のはずだ。

《時差ならない。日本だから》

「え？　帰ってきてるの？」

《ああ、仕事でね。今から会えないか？　ロマンジュにいる》

碧唯は、ふたりでよく行くダイニングバーの名前をあげた。

「わかった。これから会社を出るから二十分くらいで着くと思う」

碧唯との通話を切り、ソーシャルリンクが入居する三十七階建てのインテリジェンスビルを出た。

ゴールデンウィークが終わり五月中旬になると、風にもわずかに夏の香りが混じる。草花の芽吹きや新緑の匂いだろうか。アスファルトとビルに囲まれた都会にいても四季の移り変わりを感じられる自分が、ほんの少しだけ誇らしい。

（そんな部分に自分の価値を見出さないと、干物女になりつつあるからつらいんだけどね）

自嘲気味に鼻を鳴らした。

地下鉄に乗り、目的地の最寄り駅へ。人いきれの深い谷から出ると、そこはもうロマンジュの前だ。

石造りの店構えにクラシカルな木製のドア。一見アンバランスな外観に、小さく店名が掲げられている。

重いドアを開けて中に入ると、控えめなライトに照らされたカウンターに碧唯の姿を見つけた。

「いらっしゃいませ」

マスターの宮沢が低く渋い声で南を歓迎する。

七三に分けた真っ黒な髪とはアンバランスな顎髭をたくわえた五十代前半の宮沢は、南から碧唯に視線を移した。〝お連れがいらっしゃいましたよ〟といった目線だ。

「マスター、こんばんは」

南が声をかけると、そこでようやく碧唯が振り返った。切れ長の目元にほんのり笑みを浮かべ、薄い唇を三日月の形にする。

その佇まいからは、外交官という社会的地位の高いエリートの知的さが存分に発せられていた。そこに色気まで漂わせる彼にテーブル席にいるふたり組の女性が好意的な目を向けているが、当の本人はまったく気づいていないのが少しコミカルだ。

一流大学を卒業後、外務省に入省した彼は、六年前からイタリアのローマに赴任している。欧米諸国への赴任は狭き門だそうで、外務省の中でもエリート中のエリートだという。碧唯はいわゆる出世街道をひた走っているのだ。そのうえ容姿まで恵まれているとくれば、今のように女性たちから羨望の眼差しを向けられるのは当然といえるだろう。

「碧唯くん、お待たせ」

「仕事お疲れ。先に飲みはじめてる」

碧唯は中身が半分ほどになったグラスを軽く持ち上げた。

たぶんいつものモスコミュールに違いない。

「うん。マスター、私は」

「ミモザですね」

宮沢が先んじて一重瞼（まぶた）の目を細くした。

「お願いします」

南もお決まりのカクテルである。

「会うのは久しぶりだよね？　えっと……」

「八カ月ぶり」

頭の中で指折り数えているうちに碧唯がさっと答える。

そうだ、ちょうど秋口の頃だった。中秋の名月を日本で見られてよかったと、彼が風流ぶって言っていたのを覚えている。あの夜もここで一緒に飲んで、ビルの合間にぽっかり浮かぶ月を見上げながら帰った。

「そっか、そんなに経（た）つんだね」

あっという間に歳も取るわけだ。

「まずは再会に」

宮沢が南の前にミモザを置いたタイミングで、碧唯が自分のグラスを手に取る。南も彼に倣い、グラスを持ち上げて再会を祝った。

そっと口をつけたミモザはフレッシュオレンジの贅沢な味わいだ。ここで飲むと、碧唯との再会を妙に実感する。ロマンジュとミモザ、そして碧唯の組み合わせは南の中でワンセットになっているみたいだ。

温野菜のシーザーサラダやアンチョビポテト、小海老のアヒージョなどをつまみにして互いの近況を披露し合う。

「で、恋人は?」

唐突に尋ねられ、口に含んだミモザを無理に喉に流し込む。

「いたら、碧唯くんに会いに来ません」

職場の同僚たちのように彼氏とのデートに忙しいだろう。碧唯からの誘いには目もくれず、彼氏のもとに急ぐはずだ。

「へぇ、俺より恋人を優先するわけだ?」

不服そうに目を尖らせるが、どことなく自信も見え隠れしている。〝俺より優先すべきものはないだろう?〟といったニュアンスだ。

「あたり前です」

「幼馴染を差し置いてか」

「なにそれ」

ふふふと笑いながら碧唯を肘で小突く。

「俺以上に大切にすべき人間はいないだろう。小さい頃、いつも面倒を見てやっていたのを忘れたのか」

「覚えてるよ？　その節は本当にありがとうございました」

南は馬鹿丁寧に頭を下げてから肩をすくめて笑った。

「そういう碧唯くんこそ、彼女はまだいないの？」

似たような質問で攻撃を仕掛ける。恋人がいたら南を誘いはしないだろうが。

とはいえ、イタリアに残してきている可能性もある。

「まだってなんだよ」

「あれ？　ずっといらっしゃいませんよね？」

「お互いさまだ」

わざと丁寧に尋ねたら、今度は碧唯からこめかみを小突かれた。

彼との付き合いは小学校時代に遡る。

学校へ通うときに結成される登校班が一緒だった碧唯は、口数こそ少ないが下級生の面倒をよく見る男の子だった。

道端に咲いている花に気を取られたり、行き交う車のナンバーを読み上げたりしながらノロノロ歩く南を気長に待ち、ときには手を繋いで学校まで連れていってくれたものだ。

家が近所だったため放課後にもよく一緒に遊んだが、それも南が小学四年生の一学期まで。両親が離婚して引っ越しを余儀なくされ、碧唯ともそれきりだった。ちゃんと会って、さよならさえ言えなかった。

再会は高校一年生のとき。母を心配させないために勉強に励んだおかげで、有数の進学校に特待生で入学した南は、小さい頃から憧れていた弓道部に入部した。

少女時代に夢中になって読んだ漫画の主人公が、弓道部に所属していたのが志望動機という不純極まりないものだったが、そこに部長として在籍していたのが三年生の碧唯だった。

しかし当時の彼は遠い存在で、昔のように接する機会はあまりなく、彼の卒業後、ひょんなことから再度再会して現在に至る。

友人には『よく好きにならずにいられるね』と未だに言われるが、ふたりの間に恋愛感情は存在していない。

碧唯は大学でも当然ながらモテていたようで、恋人も何人かいたのは知っている。どの人ともあまり長続きせず、別れたと聞くたびに『友情に比べて愛情はやっぱり脆く儚いものなんだなぁ』としみじみ思ったものだ。

そういう南も人に胸を張れるような恋愛経験はなく、人の恋路をとやかく言えないのだけれど。

彼氏がいたのは、大学時代のたった半年。両親の離婚によるトラウマがあるため、あたたかな家庭に憧れるいっぽうで、相手に深くのめり込めずに愛想を尽かされてしまった。なんとも乏しい経験値である。

チーズベーコンパイを口に運びつつカクテルを飲みながら、会わずにいた八カ月間の話に花が咲く。

「会社関係で出会いとかないのか？」

グラスを片手に持ち、くるくると回しながら碧唯が南に視線を飛ばす。

「仕事漬けの毎日でそんなのないよー。でも、いいの。同僚たちの恋バナを聞いてるだけでも楽しいから」

「くくっ、負け惜しみだな」

「あ、ひどい」

碧唯がやけにうれしそうに肩を揺らして笑う。

「強がりなんかじゃありませんから」

「そのわりに鼻の穴がぴくぴくしてるぞ。素直に悔しいと認めたほうがいい」

不意打ちで鼻先をツンツンと突いた彼の指を払おうとしたが、一歩及ばず手が空を切る。碧唯は得意げににんまりと笑った。

「女性にはそんなこと言わないほうがいいよ?」

鼻の穴がぴくぴくなんてちょっとショックだ。

唐突に真顔になった碧唯が目をぱちくりとさせる。

「南が女性だって初めて知った」

「ちょっ、どういう意味?」

女に見えないのだとしたら、私はいったいなんなのだと目が尖る。

たしかに恋とは縁遠いため、女性ホルモンの分泌度は少ないのかもしれないけれど、あまりにもひどいではないか。

恋人がいないという同じ状況下に置かれた者同士のシンパシーが、対抗心にでも変化したか。

でも碧唯との他愛のないやり取りは、不思議ととても心地いい。

碧唯は意味深に微笑(ほほえ)んでグラスを空にし、マスターにお代わりを頼んだ。

「同僚たちの恋バナ、本当に楽しいんだから」

たまに脱線してドラマや映画の話になるけれど。

「のろけが?」

「幸せな気持ちになれるの。おかげで恋愛してないのにお肌だってツヤツヤでしょう?」

ほら、と碧唯に頬を指差すと、彼は顔をぐっと近づけてきた。

ドキッとしたものの、ここで変に距離を取って意識していると誤解されたくはないため、ぐっとこらえる。

息を詰めて目に力を入れていると、碧唯は唐突に南の頬に手を添えた。

「――っ」

軽くビクッと肩を弾ませたため、ちょっと気まずい。いくら幼馴染とはいえ綺麗(きれい)な顔立ちの男に間近で見つめられれば無理もないだろう。造形の美しさとは罪なものだ。

「たしかに」

「え?」

「綺麗な肌だな」

「で、でしょう?」

彼の目が心なしか熱っぽく見えて、不覚にも言葉が不自然につかえた。

ふっとやわらかく笑った碧唯が次の瞬間、意地悪っぽく目を細めて南の頬をむにっと摘(つ)まむ。

「なっ」

「ぷにぷにだな」

人の頬で遊ぶのはやめてほしい。

楽しそうに南の頬を弄(もてあそ)ぶ碧唯の手をやんわりと外した。

「肌に張りがあるって言って」

「そうだな、パンパンだ」

「もうっ」

そうしてとりとめのない話をしながら、いつの間にかふたりとも三杯目に突入していた。ミモザはそれほど高いアルコール度数ではないが、久しぶりの再会でふわふわといい気分だ。

会話が途切れ、カクテルをひと思いに飲み干したとき、ふと未来の自分が頭の中に浮かぶ。

「きっと私、ずっと独身だろうなぁ。この先ずっとおひとりさまで、将来年老いたときに孤独死したらどうしよう」

そんな未来が見えそうで怖い。狭いアパートの一室で、人知れずこの世から去る寂しいシーンを想像して身震いした。ありえない話ではない。

「おひとりさまを卒業すればいい話だろ」

「碧唯くんには簡単かもしれないけど、私には難しいの」

そう、碧唯にはたやすいだろう。ひと声かければ女性が何人も振り返る。

「それならフリーな者同士、付き合うか」

「もう、碧唯くんってば冗談ばっかり。飲みすぎた？」

クスクス笑って返すと、碧唯は眉間に皺(しわ)を寄せた。たぶん〝これくらいで酔うか〟という苦情だろう。

南の両親が離婚したのは、小学四年生のときだった。『家族が一番。南はパパの宝物だ』とよく言っていた優しい父が、外に女の人を作って出ていったのだ。

涼しい顔をして家族を裏切っていたと知ったときのショックは未だに忘れられない。傷ついて憔悴(しょうすい)しきった母親の姿は、目に焼きつくほど衝撃的だった。

そのせいで男性に好意を示されても、いつかは父のようになるのではないかと疑念が膨らみ素直に受け取れない。永遠なんて存在しないと愛を信じられなくなったのは、それが原因だ。

かたや母は離婚後、南を全力で愛してくれた。父がいない寂しさはあったものの、愛情たっぷりに育ててもらった。男女の愛は信じられなくても、親子の愛を信じられるのは母のおかげである。

男性との恋愛は考えられないが、いつの日か自分も子どもを全力で愛し、愛されてみたい。

「はぁ……子どもが欲しいな」

ほろ酔い気分も手伝い、脳内にだけとどめておけずにため息と一緒に願望がぽろっと漏れる。口が勝手に動いた感覚だった。

その前に相手がいないのが、なによりも痛い点である。

「結婚をすっ飛ばして子ども？」

碧唯の困惑は当然である。彼は目を丸くした。

「うん」

もちろん結婚あってこその子どもだけれど、あたたかな家庭に憧れているなんて乙女チックな願望は口に出せない。南のキャラじゃないと碧唯にまで笑い飛ばされたら、立ち直れないから。

「それなら俺にすれば？　俺と子どもを作ればいい」

想定の範囲外、それも斜め上の反応だったため、脳の回路が一斉に動きを止めた。目を真ん丸にして隣を向くと、碧唯は南に涼しい眼差しを向けていた。

とんでもない発言をした表情とはほど遠く、一緒に料理でもするような言い方だ。『俺、こう見えて得意なんだよね』と続きそうな感じである。

「やだな、からかわないでいただけませんか」

びっくりして妙に丁寧な言い方になる。

「からかってない」

「それじゃ、どうしていきなり」

あまりにも突飛な発言のため、南のほうが笑い飛ばして返す以外にない。

「兄貴の子どもがかわいくてさ」

昨年結婚した彼の兄、史哉（ふみや）にはすでに子どもがいる。ワケがあって奥さんとは数年間離れ離れだったと聞いている。

「子どもはかわいいよね。血の繋がりがあればなおさら」

碧唯とは四つ違いの史哉にも、小学生のときに何度か遊んでもらったことがあるが、中学生ながら大人びた少年だった。そんな彼が幸せを掴んだのは南にとってもうれしい。――がしかし、今はそこではない。

「だから俺と子どもを作ればいい」

史哉の子どもがかわいいのはわかるが、どうしてそうなるのか。

「碧唯くん、やっぱり酔っぱらってるでしょ」

唐突に子どもが欲しいなんて発言をする南も、人の心配をしている場合ではないけれど。

「俺がこの程度で酔うと思うか？」

「思わないけど、突然そんな……」

いきなり『俺と子どもを作ればいい』と言われて、そうね！と合意はできない。

なにしろ碧唯は恋人でも夫でもない、ただの友達なのだから。

口を真一文字に引き結び、首を横に振る。

「結婚もせずに子どもは作れません」

「もちろん結婚して作ろうと言ってる」

「私と結婚⁉ やっぱり酔ってるじゃない。もうっ、飲みすぎです」

グラスを取り上げようと手を伸ばしたが、碧唯は間一髪のところでそれを阻止した。

「何度も言わせるな。酔ってないし冗談でもない」

きっぱりと否定して、残っていたモスコミュールを飲み干す。

子どもの話題を出したのは南だが、なぜいきなり結婚する話になるのか。

「南は子どもが欲しいんだろう？」

「……うん、まぁ」

子どもだけがいればいいといった身勝手な考えはなく、家庭あってこそではあるけれど。

「俺もそろそろ結婚の必要に迫られてる」

「どういうこと？」

「ヨーロッパでは家庭を持っているのといないのとでは信用の度合いが違う。あちらの外交官や大臣とは家族ぐるみの付き合いも大切なんだ」

その点はわからなくもない。欧米の人たちは家庭第一主義だというし、日本でも銀行員などは結婚しているほうが信用されると聞く。

「最近、叔父からもしつこく縁談を勧められてね」

「碧唯くんの家ならそんな話があってもおかしくないよね」

彼の実家は、世界に名を馳せる高級ホテルグループを経営している。父親は会長に退き、現在は史哉が社長だ。

つまり碧唯は生粋の御曹司なのである。

父親は結婚相手について口出しをしないそうだが、子どもに恵まれなかった叔父が猛烈に結婚を打診してくるのだとか。

「よく知りもしない相手と結婚なんて考えられるか？　俺は無理。でも気心の知れた南なら……」

「面倒がない？」

先に続く彼の言葉を見越して自分で言っておきながら、言葉的にどうなのかと思う。

碧唯は曖昧に微笑んだだけだった。

「愛だの恋だのに囚われずに友達同士で結婚すれば、いい関係が築けると思わないか？　友達みたいな夫婦なんてざらにいる。友情婚だ」

「ゆうじょう、こん……？」

輪唱のように繰り返すと、碧唯は「ああ」と深く頷いた。

（友達同士が結婚したら……）

想定できる状況を考えてみる。

少なくとも母のように夫に浮気をされ、ひどいショックを受けたり傷ついたりはしない。なにしろ友達なのだから。

感情に囚われず、ふたりの共通の宝物である子どもを介して、いい関係を築ける……かもしれない。

そうなると嫉妬や疑念にまみれず、フラットな気持ちで平穏な毎日を送れる。しかも孤独死しなくて済む。

なんて素敵な人生ではないだろうか。

父親の浮気が原因で両親が離婚しているため、安らかで平和な家庭に強く憧れるいっぽうで、愛には懐疑的な南にとってはまたとない話だ。

しかし、グッドアイデアと浮かれた直後に大事なことを思い出す。

「でも私、こっちで仕事してるからイタリアには行けないよ」

「近々、帰国する予定になってるからその点は問題ない。それと、たとえこの結婚が普通の形とは違ったとしても、俺は子どもを心から愛する。決して子どもを悲しませたりしないし、もしも万が一、離婚になっても養育費は払う」

「離婚したら碧唯くんの社会的信用はなくならない？」

せっかく得た信頼が、離婚でゼロどころかマイナスにならないか。

妻と子どもを放り出してなにをしているのかと、世間は冷たい目で見るだろう。少なくとも南だったらそう感じるはずだ。

「南はそんな心配をしなくていい。こんな好条件、ほかの男が出せると思うか？」

碧唯が続々と彼との結婚のメリットをあげていく。そしてそれらは、とても理想的な条件に聞こえた。

碧唯は恋人にはほど遠いが、赤の他人よりは近い存在。適度な距離を保ちながら付き合ってきた彼と一緒になるなら、共同生活を送るようになってからのストレスは少ないかもしれない。

（むしろ友達同士のほうが、私が夢を見ているあたたかな家庭を築くには最適じゃないかな）

なにしろ嫉妬にまみれた醜い争いごとが起こる心配がないのだから。ふたりの間に愛情がなければ、そんな感情も生まれない。

碧唯は社会的信用を得るために、南は大好きな子どものために。

目的こそ異なるが、利害は一致している。

（でもちょっと待って。結婚して子どもを作るんだから、碧唯くんと〝する〟ってことよね……？）

脳内で勝手に卑猥なシーンが再生され冷静ではいられない。

「俺以上に南を知っている男はいないと思うけど？」

碧唯は慌てふためく南を横目に見て口角をニッと上げた。

「な、なにを言って……」

意味深なセリフが南の頬を真っ赤にする。

「私たちをよく知らない人が聞いたら誤解するでしょう？」

「知らない人になにをどう思われようと関係ない」

正論にぐうの音も出ない。

マスターの宮沢がグラスを磨きながら、くっと小さく喉を鳴らした。

「頼れるお姉さんキャラと見せかけて、本当は甘えたがりなのはお見通しだぞ」

「だ、誰が？」

キミだと言わんばかりに碧唯が南を指差す。ちょっと意地悪な顔だ。

「大人の女を装いつつ、じつはかわいいものが大好きだとか」

「なっ」

碧唯は南がテーブルに置いていたスマートフォンを手に取り、手帳型のケースを開いた。一見クールなデザインと見せかけて、内側はかわいいクマのシールを貼ったラブリーなものである。

「ほかにもあるだろう？　化粧ポーチやハンカチ、手帳もそうだよな。シンプル系や綺麗系よりはかわいい系を好んでる」

彼の言うように、南はかわいいものが大好きだ。もこもこふわふわしたものはもちろん、寒色系よりは暖色系、それもパステルカラーを好む。

周りが抱くイメージとそぐわないため、ひと目で〝かわいい〟とわからないように裏地だとかワンポイントだとか。趣味はなるべく隠しているつもりなのに。

（碧唯くんにバレていたなんて……。もしかして大きなクマのぬいぐるみと一緒に寝ているのも知ってるなんて言わないわよね）

ギクッとしたが、彼を今の自宅に招いたことはないから、さすがにそれはないだろう。とはいえ少女時代から南を知る碧唯には、虚勢も背伸びも通じないらしい。

いつの間にか、周りが期待する自分を演じるようになっていたが、彼にはお見通しのようだ。

南はすでに二十八歳、長らく恋から遠ざかってきたため、これから恋人を作るのもひと仕事。そこから結婚に進む時間を考えたら、出産は果てしない先の未来に感じる。

子どものいるあたたかな家庭に憧れる反面、永遠の愛を謳う結婚にはためらいがあるアンバランスな南にとって、碧唯のように考える男性は貴重な存在。そうそう出会える人ではない。

そのうえ、碧唯なら南の性格を知り尽くしている。総合的に考えて、とても魅力的な話なのではないか。このチャンスを逃せば、一生子どもも家庭も持てないかもしれない。

しかし一生を左右するとも言える結婚。勢いで返事をするものではない。

「一度考えさせて……前向きに」

「わかった」

碧唯はわずかに口角を上げて頷いた。

碧唯と仲良くなったのは、南が小学二年生の冬休みだった。父と母の関係がぎくしゃくし、家庭内に不穏な空気が漂いはじめた頃だ。

それまで家族四人で楽しくおしゃべりしながらとっていた夕食は、いつからか父の不在が増え、土日にも仕事と言って出かける日が多くなった。リビングから両親が言い争う声が聞こえ、耳を塞いでベッドに潜り込んだ夜も一度や二度じゃない。

それまで居心地のよかった家が日に見えて冷え冷えとしていくある日の夕方、公園のブランコに南がぽつんと座っていると、碧唯が通りかかった。

肩から提げている大きなバッグを見て塾帰りとわかる。以前、同級生たちと塾の先生の話をするのを耳にしていた。

『南ちゃん？　もう暗いのに、ひとりでなにしてるの？』

足を止めた彼の驚いた顔が外灯に照らされる。

『ブランコ』

『見ればわかるよ。帰らないの？』

とうに陽は落ち、小学生はすでに帰宅している時間。そんなのわかっているけれど家には帰りたくない。

南がなにも答えずにいると、碧唯は公園の低い柵をまたいで隣のブランコに腰を下ろした。

『碧唯くんこそ帰らないの？』

地面を蹴り、碧唯がブランコを漕ぎはじめる。キーキーと軋む音が公園に響き、余計に寒々しい。

『こんな時間に下級生をひとりにして帰れない』

『私なら平気だから。帰らないとおうちの人、心配するよ』

『南ちゃんのお父さんとお母さんだって心配するんじゃない？』

『お母さんはそうかもしれないけど……お父さんは違うから』

今日もきっと帰ってこない。昨日もその前もそうだった。

漏れ聞こえる両親の会話から、父が女の人と一緒にいるのは南にも察しがついていた。母は南の前では気丈に振る舞っているが、陰で泣いているのも知っている。

『それじゃ、お母さんを心配させたままでいいの？』

『そうじゃないけど……』

痛いところを突かれて声が小さくなっていく。

（お母さんには悲しい思いをさせたくないよ……もうこれ以上は）

今頃、南が帰ってこないと気を動転させているかもしれない。父に続いて南まで帰らなかったら、母はもっとずっと傷つく。

『じゃあ帰ろう。僕が送っていくから』

碧唯はブランコから降り、南にぐいと手を差し出した。

たぶんここでその手を拒んだら、彼は南の気が済むまで一緒にいるだろう。そうなると彼の両親にまで心配をかけてしまう。

（そんなのダメだよね……）

ためらいつつその手を取った。

公園から自宅まではおよそ十分。特になにか話すわけでもなく、車が行き交い、外灯の光が射す歩道を碧唯に手を引かれて歩く。

その手のあたたかさは頼もしく、久しぶりに感じる安らぎだった。

それ以降、公園で会うと声をかけられ、一緒に遊ぶようになった。碧唯の男友達に交じって鬼ごっこをしたり、かくれんぼをしたり。たまにふたりでどちらがブランコで高く漕げるか競争したり、お互いの家で宿題やゲームをしたりするほど仲良くなった。碧唯といるときは両親の不仲を忘れられる。心が平穏でいられた。

しばらくして両親が離婚してひどく傷ついたときに、なにも言わずに寄り添ってくれたのも碧唯だ。

『なにがあっても僕は南ちゃんの友達だから』

静かに微笑みながら碧唯が言った言葉は、当時とても心強かった。

しかしその友情も、ある日突然終わりを迎える。南の引っ越しが急遽（きゅうきょ）決まったのだ。さよならを言いたかったが、碧唯は風邪をこじらせて寝込んでいたため会えずじまい。そこで交流は途絶えた。

その後、奇跡的に二度にわたって再会し、今のふたりがある。

南に結婚しようと言ったのは、あのときの言葉を実行しようという碧唯なりの友情の証（あかし）なのかもしれない。

そんなことを考えながら、南は母と妹の三人で暮らすアパートの自室で高校時代からの友人、綿貫千賀子（わたぬきちかこ）に電話をかけた。

内容はもちろん、つい先ほど彼から持ちかけられた結婚についてである。

《南が瀬那さんと結婚⁉》

裏返った声が脳天を突き抜けていく。

「まだ返事は保留だから」

彼の話を聞いて、気持ちはかなり傾いているけれど。

同じく弓道部出身の千賀子は漫画がきっかけで入部した不埒（ふらち）な動機を持つ南とは違い、中学から弓道部に所属していた。

千賀子は、くせ毛の南にとっては羨ましいストレートロングの髪に、切れ長の目をした凛々（りり）しい美人。高校時代、的に向かうときの美しい立ち姿には男女関係なくドキドキさせられたものだ。

《いつの間に付き合ってたの？　私、聞いてないんだけど》

ワントーン低い声で恨み節を唱える。親友に話さないとは何事だと、声の調子だけでわかった。
「……じつは付き合ってないの」
さすがに叱られるのではないかと小声になる。
《えっ？　それじゃ交際ゼロ日婚⁉》
「まだ返事はしてないってば」
《どちらにしてもプロポーズされたんでしょう？》
「そう、なるのかな」
愛も恋も存在しない、異色のプロポーズだ。
《でも南と瀬那さんなら、わからなくもないかも》
「どういう意味？」
《本人たちは気づいてないかもしれないけど、いい雰囲気なんだよね。適度な距離感がありながら自然体で。高校のときからそうだったよ、南と瀬那さんって》
「え？　そう？」
そんな自覚は全然ない。
高校で再会したときには、およそ六年の歳月が流れていたため南はまったく気づかずにいたが、仮入部の最後の日に『もしかして、あの呑気(のんき)な南ちゃん？』と唐突に声をかけられた。

いくら部長でもいきなり面と向かって〝呑気〟なんてひどいと眉をひそめそうになったとき、幼馴染の碧唯と気づいた。

同じ一年生の女子たちがざわついたのは言うまでもない。彼はルックスがよくて成績は常にトップ、そのうえ弓道では関東大会に出るほどで、練習は外野から常に黄色い声援が飛び交う中で行われるほどだったから。

精神集中が必要とされる競技なのに、彼は騒がしい状況もなんのその。洗練された弓道着姿もさることながら、鋭い目で的を見つめる凛とした佇まいにみんなが羨望の眼差しを向けていた。

しかし南にとって碧唯はあくまでも幼馴染であり、部活の先輩。もちろん素敵な男性なのはみんなの反応からもわかっていたが、だからこそ自分には手の届かない人のため、それ以上に気持ちが膨れ上がりはしなかった。

幼い頃の彼を知っているせいだろうか。憧れの存在ではなく〝お兄ちゃん〟のような感じだった。

とはいえそこは先輩後輩として一線を引き、みんなの手前、馴れ馴れしく接するのは避けた。女子たちからのやっかみが怖かったのもある。

彼が大企業の御曹司だと知ったのもその頃で、生きる世界が違う彼には小学生のときのように無邪気に接するべきではないだろうと、ある程度の距離を保つようにしていた。

千賀子がふたりをいい雰囲気だと感じていたのだとしたら、昔のよしみという空気が意図せず漏れていたとか、そんなところだろう。

《瀬那さんは二年先輩だし、そうそう親しく話してる様子もなかったけど、ふたりが醸し出す空気感っていうのかな。それに卒業後も交流があるのって、同じ部活の女子の中では南くらいじゃない？》

「それはたまたま再会したからであって」

碧唯が高校を卒業すると同時に再び交流は途絶えたが、今度は南が高校三年生、彼が大学二年生のときに街のカフェで偶然再会した。

アイスカフェラテを注文したあとにお金が足りないと気づき、困っていた南の後ろに並んでいたのが碧唯だった。

当時は電子マネーを持ってなく、友達も一緒にはおらず、恥ずかしさいっぱいで注文をキャンセルしようとしていた南の分をさっと支払ってくれたのだ。

南が恐縮して『すみません』と繰り返すと、碧唯は『もう俺は大学生だし、先輩後輩の関係はおしまい』と明言し、そこから小学生のときのように友達としての付き合いがはじまった。

カフェで南がしっかりお金を持っていたら、お互い気づかずにすれ違っていただろう。幼馴染とはいえ、その後の交流もなかったに違いない。

友人として付き合ってきた約十年の間に彼には恋人がいた時期もあり、それこそ流れで結婚の話になっただけ。南が『子どもが欲しいな』と問題発言をしなければ、おそらく結婚の話にはならなかったはずだ。

《あーだけど、小西くん、がっかりするだろうな》

「どうして？」

《やたらと南の近況を聞きたがるから》

小西健太郎は、南と千賀子の同級生である。同じく弓道部に所属していた部活の仲間で、たまに三人で飲んだりする。

ちなみに彼も外務省に勤めており、部活だけでなく仕事においても碧唯の後輩だ。

「それはただ単に友達の近況が知りたいだけでしょ」

南だって『小西くんはどうしてる？』と千賀子に聞くときがある。それと同じで深い意味はない。

《それはどうかなぁ》

ふふふと含ませたように笑い、千賀子が先を続ける。

《でも付き合ってないいって、瀬那さんからいきなりプロポーズされたの？　それとも南から？》

「あ、えっと……きっかけを作ったのは私で、プロポーズは碧唯くん、かな」

南は、碧唯との結婚に至った経緯をなるべくわかりやすく順序立てて話していった。

改めて、ずいぶん大それた話をしていたものだと感じる。でもその実感はあまりなく、まるで他人事のよう。親戚や友達の話をしているみたいだ。

《南は、昔から子どもが好きだったよね。友情婚か……そういうのもアリかもしれないね》

「千賀子は反対するかと思ったんだけど」

そんなのやめなさい、考えなおしたほうがいいと言われるのも覚悟していた。

親友だからこそ、厳しい言葉で結婚とはなんたるかを説かれるのではないかと。

《愛し愛されて結婚するのが一番だとは思うよ？　でも友達同士なら穏やかな結婚生活が送れそう。っていうか瀬那さんが相手なのに、好きにならずにいられるほうが不思議。あんなに素敵な人、そうそういないもの。優良株もいいところよ。子どもがで

きたら離婚もありなんて、世の女の子たちに恨まれても知らないんだから》

恨まれるのはちょっと……と怖気づく。

「恋愛感情がないのは、ずっと友達だったから……」

六年くらい前に一度、酔って碧唯のマンションに泊まったが、彼とはなにも起こらなかった。手を出そうと思えばできるのに、碧唯は指一本触れなかったのだ。

それは南を女として見ていない証でもある。

《〝その〟友達と子づくりするんだ？》

あからさまに強調しつつ含ませたように言うから、自然と固まりつつある気持ちが揺れる。

「……大丈夫かな」

《愛を信じきれない南には、友情で結ばれる結婚が合ってるんじゃない？》

「やっぱりそうよね」

《瀬那さんなら安心して南を任せられそうだし》

千賀子の言葉が南の背中を強く押す。

碧唯となら、恋愛感情があるからこその嫉妬や独占欲にまみれず、友達として仲良くやっていける。これまでの友好的な関係に裏づけられた自信が期待値を大きくする。

仕事だけの毎日で不安だった将来に光を見出しつつ、南は千賀子との通話を切った。

人生の分岐点は、いきなり目の前に現れるものらしい。それまで姿形はいっさいなかったのに忽然と現れた。

一生縁がないだろうと考えていた結婚が、現実のものになろうとしている。

あやふやな愛情よりも、たしかな友情を。

そんな思いで決断したものの、長年友達として付き合ってきた幼馴染と結婚するなんて小学生のときには想像もしなかった。

(ううん、小学生のときどころの話じゃないわ。昨夜、碧唯くんとその話になるまで、まったく予想もしていなかった未来だもの)

プロポーズされた翌日の土曜日、南は返事をすべく碧唯に電話をかけようと自室のベッドに腰を下ろしてスマートフォンを手にした。

早く話を進めたいわけではないが、昨夜別れたあとに【イタリアに戻らなきゃならないから、返事はなるべく早く欲しい】と彼にメッセージをもらっていた。忙しい彼をあまり煩わせたくない。

《もしもし》

三コールで出た碧唯の声はかすれていた。

「もしかしてまだ寝てた?」

休日の朝十時は少し早かったか。

今朝の南の目覚めは、いつもより早い六時前。プロポーズの返事を前にして気が気でなく、あまりよく眠れなかった。

《……ああ》

「ごめんね」

《いや。……で、どうした》

電話の向こうでもぞもぞと動く音が聞こえる。ふわぁとあくびをしつつ伸びをする気配がした。

「あ、うん、昨夜の話なんだけど」

南が切り出すと、碧唯は軽く息をのんだ。かすかに漂う緊張感が南にまで伝染して間が空く。そこに愛はなくても結婚に変わりはない。つまり人生の一大イベントだから気が張り詰めるのも当然だろう。

《……南?》

「あ、ごめん、えっと、よろしくお願いします」

彼には見えないが座ったまま頭を深く下げた。

碧唯が抑え気味に吐き出した息が電話越しに伝わる。安堵したように感じられるのは、これで叔父からしつこく結婚を打診されずに済むからだろう。

「だけど碧唯くんは本当にいいの？」

超エリートで容姿も抜群の碧唯なら、いくらでも相手はいるはずだ。その中で選ぶのが自分でいいのかという不安は少なからずある。

《もう決めたから》

ずいぶんと潔い。

「本当の本当に？　ひと晩寝て気が変わってない？」

《しつこいぞ。べつに変わってない》

やはりエリート中のエリートは決断力があるみたいだ。直面した事態に迷いも躊躇もしない。だからこそ国を代表して各国と渡り合えるのだろう。

「そっか」

《迷ってるのは南のほうなんじゃないか？》

「ううん、迷ってない。愛は信じられないけど友情なら信じられるから」

その相手が碧唯ならきっと大丈夫。

今度は正座をして改めて頭を下げた。

「そうだね。改めてよろしくお願いします」

《それならいいじゃないか》

エリートはとてつもなく仕事が速い。

南が返事をした翌日、碧唯は南の母親に挨拶をするためにアパートを訪れた。

南は「そんなに急がなくても……」とためらったが、日本にいる間に済ませておきたいと言われれば了承する以外にない。

なにしろ南の突飛な考えに同調してくれた貴重な人物だから、ないがしろにはできないのである。

長年の友人として付き合ってきた彼が、南の母に会うのは数年ぶり。南が緊張気味なのは、ワケありの結婚相手を紹介するせいもあるだろう。

久しぶりに妹にも会わせたかったが、不動産の代理店勤務のため今日は仕事で不在なのが残念だ。

２ＬＤＫのアパートは妹も含めた三人で暮らすには少し手狭だが、両親が離婚してから住んでいる大切な実家である。

真っ白なシャツにネイビーのジャケットを合わせ、いかにも爽やかな好青年といった装いの碧唯もいつもに比べて表情は硬い。

でもそれも当然だ。なにせ大きな嘘をつかなければならないのだから。

いわゆる〝お嬢さんを僕にください〟的な挨拶を碧唯が堂々としたあと、母・雅美にめでたくお許しをもらい、事情聴取がはじまった。

五十代中盤の雅美はパーマをかけた軽やかなショートヘアがよく似合う、目鼻立ちの整った美人だ。

「いつからお付き合いをしてたの？　南ったらなにも話してくれてなくてね。おばさん、全然知らなかったわ」

雅美は南に恨めしそうな目を向けてから、碧唯に微笑みかけた。

「僕が大学生のときに再会したあともしばらく友人として付き合ってきたんですが、南さんが僕にとって大切な存在だと気づいて、ここ一年ほど真剣な交際を」

淀みなくすらすらと碧唯が語ったふたりの馴れ初めは、前もって打ち合わせをしておいた偽りの経緯だ。さすがに交際ゼロ日で結婚するとは言えない。

ね？といった感じに碧唯が隣に座る南を見る。これまで見たことのないやわらかな眼差しに図らずも鼓動が跳ねた。

「う、うん」

おかげでぎこちない返事になり、雅美は目をまたたかせてわずかに首を傾げた。

（い、いけない。疑われるような仕草は控えなきゃ）

即座に彼に、恋人に向けるにふさわしい愛らしい笑顔を向ける。

「それにしても外交官になったエリートな碧唯くんが、南と結婚だなんてびっくりよ」

「外交官といっても、普通の会社員と変わりませんから。商社勤めなら海外勤務もありますし、特別な仕事をしているわけではありませんので、どうか心配しないでください」

雅美を安心させるために謙遜しているのだろうが、外交官が超のつく選ばれしエリートなのは南も知っている。

国の代表は、企業の代表とは規模が違う。欧米に派遣される外交官ならなおさらだ。

改めて考えると、南はとんでもない相手のプロポーズをのんでしまったようだ。

（でも、お母さんも結婚を許してくれたし、もう今さら後戻りはできないわ）

これで将来の不安も半分は解消されたといってもいい。

「イタリアに駐在しているとなると、南もイタリアへ？」

「あ、ううん、行かないよ」

「間もなく日本に帰国する予定なんです。数年単位で異動がありますので、この先ずっと日本というのは難しいかもしれませんけど」

ひとまず日本を離れずに済むと知り、雅美も安堵したようだ。

「でもよかったわ。南は一生独身を貫くのかと心配していたの」

「どうして？」

「お母さんがいいお手本を見せられなかったでしょう? 小さい頃には寂しい思いもさせちゃったし。だから結婚はしたくないって思っているんじゃないかって」

あたらずも遠からずのため南は言葉に詰まり、目を白黒させた。母親に余計な不安を抱かせていたらしい。

「南さんはそうは言っていませんでしたよ。おばさんはいつも明るく朗らかで、苦労を感じさせないって。南さんが素敵な女性に育ったのは、おばさんのお人柄や生き方が素晴らしいからだと思います。南さんとこの先の人生を歩める幸せに感謝しかありません」

おおよそ嘘には聞こえない言葉が淀みなく碧唯の口から出てきた。

雅美は、夫の女性問題で離婚した前後こそ憔悴しきっていたが、それ以降は気持ちを切り替えて娘たちに暗い顔を見せなかった。そんなところは本当に素晴らしいと南も思う。

（それにしても碧唯くんってすごい）

幼馴染とはいえ恋人の親に結婚の許しを請うときに、ここまで堂々とできる人はそうそういないのではないか。もしかしたら詐欺師の素質もあるのでは？と勘繰りたくなる。とにかく演技上手なのはたしかだ。

でも世界の要人を相手に渡り合っているのだから、この程度の話術はなんでもないのだろう。

「碧唯くんにそう言ってもらえて光栄だわ」

娘の結婚を素直に喜んでいる母を見て、ふと罪悪感が芽生える。それまでは結婚報告をしっかりしなくてはという使命感があったが、許しを得た今、親心を垣間見て申し訳なさが生まれた。

この結婚には愛がない。一般的な夫婦の間にある感情が存在しないから。でも——。

（友情だって立派な愛情の一種よね？）

男女の間に芽生えるものとは違う種類でも、お互いをパートナーとして認める気持ちは同じだ。

「南、幸せになるのよ」

最後に雅美に激励され、碧唯と連れ立ってアパートを出た。

これからふたりで夕食を食べる予定である。デートと呼べるようなものではなく、今後の段取りや作戦会議の場といってもいい。

お互いに車を持っていないため電車での移動だ。

自宅にお抱えの運転手がいる碧唯が、その車を出そうかと提案してきたが、固く辞退した。運転手付きの車は仰々(ぎょうぎょう)しすぎるから遠慮したい。

ところが電車に乗ってすぐ、そうすればよかったと後悔する羽目になった。乗客の目線がやたらと集まってくるのだ。

その中心にいるのが碧唯なのは言うまでもない。

手足が長くモデルのようなスタイルは、つり革を掴んでいる姿さえ様になる。

(きっと隣にいる私を見て〝なんであの程度の女と?〟って思ってるよね……)

碧唯に向けられる熱い視線と、南に対する冷ややかな目を比べれば一目瞭然だ。

当の本人は涼しげな顔をして、まったく気づいていないのが癪(しゃく)でもある。

彼と結婚すれば、今のような視線をこれから先ずっと浴び続ける覚悟も必要だ。

恨めしい目をして彼を見ていたら、電車がガタンと揺れて足がふらついた。

「——っと、大丈夫か?」

とっさに碧唯が南の腰を抱いたため、意図せず半身が密着する。

たったそれだけで逞しさがわかる体躯にドキッとさせられた。

「ご、ごめんね」

結婚の許しをもらった直後のせいか、妙に意識して気まずい。

すぐに体勢を立てなおしてなんでもないふりを装ったが、碧唯がかすかに笑ったのが視界の隅に見えた。


「まずは乾杯だな」

やってきたのは高級として名高く、碧唯の兄が社長を務めるホテル『ラ・ルーチェ』のイタリアンレストランである。

ナポリを拠点に活躍するインテリアデザイナー監修だという店内は、食卓のあるモダンなミュージアムのよう。天井の高い壁には厳選されたアーティストの作品が並ぶ。

運ばれてきたワインで早速乾杯をした。

薄紫に染まった空の下、二十五階から見下ろす街に明かりが次々と灯っていく様は幻想的だ。

「入籍は俺がイタリアから戻ってきてからにしようと思うけど、南はどう？」

「私もそれで問題ありません」

交際ゼロ日で結婚を即決。スピードが目まぐるしい。

碧唯の表情に安堵が滲むのは、妻になる相手の親への挨拶という一般的には最難関のミッションを突破したからだろう。彼にしてみれば難関と呼べるほどの障害でないのは、そつなくスマートにこなしたところからもわかるけれど。

「碧唯くんのご両親にはいつご挨拶する？」

「それも帰国してからにしよう。予定を空けてもらうよう言っておく」

「よろしくお願いします」

さすがに巨大企業の会長となれば、南の母親のときのようにいきなりの訪問はスケジュール的に難しいのだろう。そういった点を考えると、南は碧唯の妻として相応しいのだろうかと改めて疑問が浮かぶ。

「碧唯くんは本当の本当に私で大丈夫なの？」

「何度もしつこいぞ。もうあとには引かせないからな」

「あ、うん、そうなんだけど。ほら、碧唯くんって御曹司でしょう？　ごく普通の家庭の私で、おじさんもおばさんも納得するのかなって」

映画やドラマ、小説の世界だったら家柄がつり合わないと反対されるパターンだ。

許嫁が登場して横やりが入ったり、健気なヒロインが身を引かざるを得ない状況が勃発したり。虚構の話なら山場としてもってこいだが、現実世界ではできれば避けたい。

「俺の両親は息子の結婚相手にいっさい干渉しない。叔父はしつこく縁談を持ち込むが、単に俺が独身なのが心配なだけ。家柄を問うような時代錯誤な叔父じゃないから大丈夫だ」

「そうなのね」

碧唯の言葉に胸を撫で下ろす。

「そういえば史哉さんの奥さまはなにをされてるの？」

碧唯の兄、史哉の妻はどんな人だろうと気になった。

「琉球ガラスの工芸家。ご両親はずいぶん前に亡くなっているそうだ」

彼女の祖父は有名な工芸家だそうで、彼女自身も都内で工房を開いているという。

近い将来、南の義姉になる女性が深窓の令嬢ではないと聞き、勝手に親近感を抱く。

今度、碧唯にその工房に案内してもらおうと密かに考えた。

そうしている間にもコース料理は進んでいく。

きのこがたっぷりのフラン、トマトとオリーブのブルスケッタ、ジェノベーゼのパスタなど、見た目も鮮やかな料理はどれも絶品だ。

メインも食べ終わり、デザートとしてアーモンドミルクのパンナコッタがテーブルに置かれた。

「南、イタリアへ来ないか？」

「えっ？　日本に戻るんじゃなかったの？」

唐突な誘いにスプーンを落としそうになる。

（だから結婚を決めたんだけどな……）

「たまには休暇を取ったらどうかと言ってる。仕事漬けだっただろう？　リフレッシュするのもいいんじゃないか？」

イタリアに住むわけではないらしいとわかり、ホッとする。

「たしかに会社と自宅の往復しかしてなかったけど……」

「一週間後に向こうで仕事絡みのパーティーがあるんだ。そこにパートナーとして出席してもらえると助かる」

欧米でパーティーといえば、フォーマルになるほど夫婦かカップルで参加するものだという。普段は同僚に同行をお願いしているそうだが、この機会に南を連れていきたいのだとか。

「ついでに引っ越しの荷造りも手伝ってくれるとありがたい」

「そっちが本当の目的？」

碧唯が肩をすくめて明言を避け、目を細めて笑う。

彼の言うように、ここ数年休暇らしい休みは取っていない。有休も丸々残っているし、消化するチャンスだ。

「上司に相談してみるね」

「いい報告を待ってる」

「できる限り行けるように努めます」

断定は控えたが、早くも気持ちはイタリアへ。ローマの観光地をあれこれ思い浮かべてウキウキしてくる。

初めてのイタリア旅行を前にして心は大きく弾んだ。


週が明けた月曜日、南は出勤早々、クリエイト事業本部の部長である沖山竜一のデスクに向かった。有給休暇の取得を記した届出書を手にして。

三十代半ばの沖山は、社長がほかのマーケティング会社からヘッドハンティングした人材で、ソーシャルリンクに入社して二年ほど。年数でいえば南のほうが先輩だが、仕事では及ばない。

パーマをかけたやわらかな髪に反して眼光が鋭い男である。スクエアの眼鏡をかけているおかげで、視線の強さは幾分和らぐか。

「部長、おはようございます」

「おはよう。ん？　休暇届？」

頭を下げながら南が差し出した用紙を受け取った沖山が、目を瞠る。

やはり沖山の目から見ても、南のイメージは同僚たちが抱いているものと変わらないらしい。

「仕事人間の倉科がどうした」

「彼氏が赴任先から帰国するので、その準備でイタリアへ行きたいんです」

「彼氏⁉　倉科っ、男いたのか⁉」

ガタンと椅子を鳴らし、沖山が背もたれに体を預けて戦慄く。まるで天変地異を目のあたりにしたみたいだ。

（そこまでびっくりしなくてもいいのに……）

でも南自身も、彼氏なんて言葉を自分の口から発する日がくるとは思いもしなかった。驚かれて初めてちょっとむず痒い気持ちになったが、なんとか抑え込み――。

「部長、セクハラですよ」

満面の笑みで釘を刺す。

「いや、だって仕事が恋人じゃなかったのか？」

「失礼ではないでしょうか」

笑顔を一変させ、湿気を含んだ視線を向けた。

南もそう思ってはいたが、人から指摘されるとそれなりに傷つくもの。

「悪い。あまりにもびっくりしてな」

「近々結婚もします」

「はぁ!?」

取り繕ってネクタイを整えるような仕草をした沖山が、今度は声を盛大にひっくり返らせた。

入籍すれば、どのみち会社には届け出なければならない。早いか遅いかの違いなら、報告は早いほうがいいだろう。

結婚なんて自分には縁遠いものだったのに、ひとたび流れに乗るとあれよあれよという間にいろいろと決まっていく。激流にのみ込まれたみたいだ。

沖山の驚きぶりは、眼鏡のずり下がり具合からもわかる。椅子からは半分ほどお尻が落ちていた。

「南さんが結婚⁉」

「えーっ、マジかよ」

「彼氏いたなんて知らなかったー」

突然の結婚宣言に部署内が騒然となる。

いつも同僚たちが恋人とののろけ話をするのを聞く脇役だった南が、いきなり主役の座を射止めてしまった。方々から視線を集めて、ものすごく照れくさい。

「うわー！　南さん、おめでとうございます！」

気づけば同僚総出で立ち上がり、南に拍手を送っていた。

（やだな、なんか恥ずかしいんだけど……）

こんな騒ぎになるとは想像していなかったため居たたまれなくなりつつ、あちこちに頭を下げて恐縮しながら自席に戻る。

休暇届は無事受理され、その日は退勤するまで南の結婚話でもちきりだった。

今、キスが必要ですか？

日本から飛行機でおよそ十三時間、南はイタリアのローマにやってきた。

羽田(はねだ)空港をお昼近くに発ったため、到着は夜の七時近く。空港まで迎えに来てくれた碧唯と、そのまま彼が暮らすアパートメントに向かった。

彼の部屋は、かの有名なスペイン広場から歩いてすぐの場所にある。市内の中心部であり、ショッピングにはもってこいのコンドッティ通りも遠くないという。

パーティーでの役目を終えれば、観光やショッピングが楽しめそうだと密かにワクワクする。彼の勤め先である日本大使館も徒歩圏内らしい。

「映画のワンシーンに登場しそうな街並みを毎日歩いているなんて羨ましいな」

空港から乗り込んだタクシーの窓から見える景色をうっとりと眺める。かわいらしいローマの街並みはライトアップされ、どこを見ても絵になる。

「珍しいのは最初だけ。すぐに見慣れた景色になるものだ」

「すっかりローマの人だね」

かすかに覚えるジェラシーを持て余し、思わず湿気を含んだ眼差しを送った。

日本にいるときと変わらずローマでも目立つビジュアルの碧唯は、空港で大勢の人の視線をさらい、タクシーの運転手に行先を告げる際にはネイティブ並みのイタリア語を披露していた。本当にすごい人なんだ……と今さらながら思う。

到着したアパートメントはヨーロピアンな外観に風格があり、小規模な美術館のよう。足を踏み入れると、内装にも細部にわたって繊細で美しい装飾が施されている。

碧唯が南のキャリーケースを引いてくれているおかげで身軽なため、ついあちこちに目線と足が彷徨（さまよ）う。

「南、こっち」

彼に手招きをされ、アンティーク調の扉のエレベーターに乗り込んだ。

「ね、碧唯くん、夕食はどうする？　荷物を置いたら外に出る？」

飛行機でも軽食は出たからそこまで空腹は覚えていないが、夜のローマに繰り出すのもいい。

「長時間のフライトで疲れただろう？　簡単なものでよかったら俺が作るよ」

驚くべき提案が彼の口から飛び出した。

「碧唯くん、料理するの⁉」

思わず目を丸くして彼を凝視する。友人としての付き合いは長いのに、初めて知った事実だ。

「そんなにびっくりするか？　ひとり暮らしが長ければ必然的にやらざるを得ない。もともと嫌いなほうではないしね」

今は家族三人で家事を分担しているが、南がもしもひとり暮らしだったらテイクアウトや外食で手軽に済ませてしまう気がする。

「すごいね。ほんとに優良株だ」

千賀子の言った通りである。

ハイスペックイケメンなうえ料理もできれば、向かうところ敵なしだ。

「優良株？」

「あ、ううん、なんでもない」

南が首を振ると同時にエレベーターが止まった。

碧唯に先導されて歩く通路にはいたるところに絵画が飾られており、芸術の都はさすがだと感心しつつ、開けられた玄関のドアから中に入る。

「わぁ……！」

感嘆の声がお腹の底から漏れた。

玄関ホールから続く廊下、その先にあるリビングまで一直線に見通せ、白を基調とした壁と相まって空間の広がりを感じさせる。壁と同系色の大理石のフロアはピカピカだ。

半開きになっていた口に気づき、慌てて唇を引き結ぶ。

「高級ホテルみたい」

案内されて中に足を進め、エレガントな家具や内装に感心する。

彼によれば大使館から用意された部屋であり、職員が代々使っているという。

「何部屋あるの？」

「リビングとダイニングのほかにベッドルームと書斎がある」

ざっと案内された部屋はどこもホテルライクで生活感があまりない。綺麗に保たれているのは週に一度入るハウスクリーニングのおかげだそうだ。

「パスタでいいか？」

碧唯がグレーのエプロンを身につけてキッチンに立つ。それだけで画になるのは、容姿の素晴らしさゆえである。

「本場イタリアのパスタね！　楽しみ～」

「味の保証はしないぞ」

パントリーから取り出した乾燥パスタを大きな鍋に投入した。

「穴が空いてるんだね」

「今から作るアマトリチャーナは、中が空洞になってるブカティーニを使うのが正式な材料なんだ」

碧唯によれば、イタリアで人気のあるトマト系のパスタといえばアマトリチャーナなんだとか。

パスタを茹でている間に豚の頬肉を塩漬けしたグアンチャーレを刻み、オリーブオイルで炒めはじめる。グアンチャーレから肉汁が出てきたところで白ワインを投入。アルコール分が飛んだらトマトピューレを入れて混ぜる。

「いい匂い」

トマトの酸味と香ばしい肉の匂いが食欲をそそり、感じていなかったはずの空腹を覚えた。

そうこうしている間に茹で上がったパスタをフライパンで混ぜ合わせ、最後にペコリーノ・ロマーノ・チーズをかけて完成だ。

一連の作業には隙がなく、料理に慣れているのがわかる。手際がとてもいい。

「碧唯くん、テキパキしてるね」

「見なおしただろう」

胸を張り、口角を上げた顔は得意げだ。

「うん。料理男子だなんて知らなかった」

どうしてこれまで恋人と長続きしなかったのか不思議でならない。料理ができるなんて最高の彼氏だ。

（まぁ別れの原因がどちらにあったのかは知らないけど）

早速器に盛り、ダイニングテーブルへ並べる。碧唯はスパークリングワインを開け、グラスに注いだ。

「まずは長旅お疲れさま」

「碧唯くんはお仕事お疲れさまでした。あとお料理もありがとう」

グラスを持ち上げて互いを労い、口をつける。芳醇（ほうじゅん）な味わいと喉を抜けていく炭酸が爽快だ。

「いただきます」

両手を合わせてフォークを手に取った。

口に入れる前から、いい香りがそのおいしさを連想させる。

「ん、おいしい！」

グアンチャーレの旨みがトマトソースに溶け込み、チーズが濃厚さをプラスする。

味のバランスが絶妙だ。

南をじっと見ていた碧唯が微笑みを浮かべる。先ほど同様に誇らしげである。

「今さらだけど、碧唯くんって大使館でどういう仕事をしてるの？」

「本当に今さらだな」

碧唯がふっと鼻から息を漏らして笑う。

「簡潔に言うと、イタリアとの政治的な交渉事だとか経済的な連携を通して日本の平和と国民の安全を守ってる」

「……壮大だね」

碧唯はさらっと言っているが、かなり重大な仕事だ。なにしろ国を代表して諸外国と折衝（せっしょう）するのだから。会社間とはわけが違う。

「具体的に言えば、イタリアの治安や災害発生の情報を常に収集して、日本国民に速やかに伝えることかな。まぁあとは、イタリアで暮らす日本人が事件や事故に巻き込まれたときに安否を確認したり、日本にいる家族に連絡を取ったりだとか」

「イタリアの要人とも会ったりする？」

「もちろん。日本を代表しているわけだからね」

「人生のステージが違いすぎて想像がつかない」

軽く首を振りながら椅子に背中を預ける。

(私、すごい人と友達だったんだ。そんな人と結婚するっていうんだから……)

人生なにが起こるかわからないものだ。

「ちなみに明日のパーティーはイタリアの外務・国際協力大臣主催のものだから」

「えっ、そんなフォーマルな場に私が行って平気?」

仕事関係のパーティーだと聞いてはいたが、さすがに大臣主催ではレベルが違う。日本大使館の職員同士だとか、もう少し内輪のものだと考えていた。

「そのためにローマに連れてきたんだから当然」

「そっか、そうだよね。……でもちょっと心配だな」

大臣主催のパーティーとなれば、招待客も相応の人たちなのは容易に想像がつく。そんな中に突入して、碧唯のパートナーとして上手に振る舞えるだろうか。

「イタリア語は全然話せないけど平気?」

「英会話は大丈夫だろう?」

「うん、そこまで得意ではないけど」

片親のせいで学習能力が低いと言わせたくないと、母が塾に通わせてくれたおかげだ。英会話もその一環で習い、就職してからもしばらくレッスンに通っていた。

「それなら不安になる必要はない。南なら大丈夫だ」

その自信はどこからくるのかわからないが、日本から遠く離れているため碧唯の言葉だけが頼りであり、信じるしかない。

公の場で結婚予定の女性がいるとアピールするのは、碧唯が信用を得るために必要でもある。この結婚の目的のひとつだ。

「頑張ります」

右手で拳を握ってみせると、碧唯は「気合十分だな」と笑った。

おいしい夕食を終え、優雅なバスタイムを堪能したあと、南はリビングで所在なくソワソワしていた。

普段から薄化粧のためすっぴんを彼に見せるのは問題ないとしても……。

「なに緊張してんだよ」

じつに重大な難題にぶちあたっていた。

「私はどこで寝たら……いい？」

ボソボソと聞き取りづらい声で問いかける。急にふたりきりの空間を意識して、落ち着いていられない。

イタリアに誘われたときには、ゲストルームでもあるのだろうと高をくっていたが、このアパートメントに寝室はひとつしかない。そのへんの事情を事前にしっかり聴取し、ホテルを取るべきだったと今頃になって後悔に襲われている。

「そりゃ、もちろん俺と一緒だろ」

獲物を捕獲するような目で、ぐいと顔を近づけられてのけ反る。

「ええっ！」

思わず一歩後退したら壁にぶつかった。

そこに手を突いた碧唯が意味深な眼差しでしっとりと見下ろす。振りまかれた色気から逃れたいが、彼の腕に包囲されて逃げ道がない。

「結婚するんだからあたり前」

「ま、まだしてない」

ドキドキしながら首を横に振り、自分の体をかき抱く。

「そんなあからさまに嫌がらなくてもいいだろう。子どもが欲しいんじゃなかったのか？」

彼に言われてハッとした。

（そうだった……！）

発言したのは自分のくせに、すっかり忘れて拒絶するのはあんまりだ。

「ごめんなさい」

でもまさか、今夜早々にそんな関係に発展するとは考えていなかった。入籍して夫婦になってからだろうと思っていたため、体を重ねる覚悟はまだできていない。

暗黙の了解というか、その点をしっかり話さなかったため、碧唯とは認識の違いがあるみたいだ。

（男の人は恋愛感情がなくてもできるみたいだから、碧唯くんは平気なのかもしれないけど……）

頼りなく目線を彷徨わせていると、碧唯は苦笑いに近い表情でポンと髪を撫でた。

「冗談。俺はソファで寝るから南はベッドを使えばいい」

「え……じょ、冗談？　もう、やめてよ、碧唯くん」

真剣に悩んだではないか。

大騒ぎしている心臓を宥めるように胸を撫で下ろす。

「でも、そうはいきません。私がソファを使います」

「こう見えて俺はフェミニストなんだ」

「自分で言っちゃう？」

口ごたえすると、碧唯に指先で額を軽く弾かれた。

「とにかく南がベッドで寝ろ」

「それはダメ。ここは碧唯くんの部屋なんだから、主がベッドを使ってください」

押し問答を繰り返し、最後には「部屋の持ち主の命令だ」と言われ、反論できなくなる。結果、碧唯はリビングのソファ、南は彼のベッドに寝ると決まった。

「明日はホテルを取ろうかな」

数日間とはいえ、碧唯をずっとソファで寝かせるわけにはいかない。

「婚約者がひとりでホテルに泊まっていたら不自然だから却下」

「……それもそうだね」

早速不仲なのかとよくない噂を立てられては、南がローマに来た意味もなくなる。

夫婦仲を疑われるような事態は彼のためにも避けたい。

「気にするな。ソファの寝心地も悪くない」

碧唯はそう言って、寝室の収納から毛布と枕を取ってきた。

「それじゃ、お言葉に甘えてベッドを使わせていただきます」

ペコリと頭を下げて上げたそのとき、碧唯が南の肩を引き寄せた。

瞬間、チュッと音を立てて額に彼の唇が触れる。

「……っ！」

一瞬で全身が硬直し、目を盛大に見開いて碧唯を見上げた。

一拍遅れて鼓動がスピードを上げはじめる。

「い、今の……」

かすかに甘さの滲む眼差しとぶつかり、それ以上言葉を続けられなくなる。

こんな目をする人だっただろうか。やわらかいくせに男を感じさせるとでも言おうか。ものすごくセクシーだ。

少なくとも南はそんな彼を知らない。

「このくらいで焦ってたらその先に進めないぞ。それとも唇のほうがよかったか？」

「ち、違いますっ」

結婚を約束した相手のキスを拒むのはどうかと思うが、びっくりしたのだから仕方がない。

なにしろこれまで碧唯とはずっと友達としてやってきたのだ。それでうまくいっていた。

その彼に額とはいえキスをされれば動揺してあたり前。……それも恋人を見つめるような熱くとろけるような目をして。

「子ども、作るんだろ？」

「そ、そうだけど、それは結婚してから！」

せめてそれまで待ってほしい。そのときには絶対に逃げないと誓うから。

「よし、言ったな？」

「……なにを？」

「早く結婚して俺に抱かれたいって」

「そんなこと言ってません！」

あからさまな言葉が南の顔を赤くする。

耳までカーッと熱くさせると、碧唯はククッと肩を揺らして笑った。

（碧唯くん、意地悪すぎる……！）

いいようにからかわれ、反撃もできないまま寝室に逃げ込んだ。

翌日、碧唯が作ってくれたフレンチトーストで朝食を済ませ、南はパーティーの身支度をしていた。

日本から持参したパーティードレスに着替え、パウダールームの大きな鏡に映す。

ネイビーのミモレ丈のノーカラーデザインで、生地を摘まんだリボン風のバックスタイルが可憐な印象だ。レースをあしらった白いシフォン素材のボレロが華やぎもプラスする。

ちょうど先月友人の結婚式があり、それに合わせて購入していたのが幸いした。

今日のパーティーのために改めて買う時間的余裕はなく、事前に碧唯に写真を送ったところオッケーをもらえた。

長い髪をハーフアップにまとめ、いつもとは違って念入りにメイクをする。

相手が相手だけに手も気も抜けない。南の印象で碧唯の評価を下げるわけにはいかないのだ。

「これでいいかな」

最後にくるりと回転すると、アシンメトリーになった裾が足元で揺れた。

準備を完了してリビングへ行くと、先に支度を終えソファに座っていた碧唯が南に気づいて振り返る。

パチッと一度まばたきをしたあと南を無言で見つめるため、期待にそぐわない出来栄えだったかと不安が押し寄せた。

「どこかおかしなところがある？　なおすから教えて。このドレスがダメなら、向かう途中で買うから少し早く出たいな」

碧唯の想像とは違ったか。

立ち上がった碧唯が南の前に立つ。

「ヘアスタイル、アップにしたほうがよかった？　それともメイクに華やかさが足りない？」

三つとも碧唯の考えるレベルに到達していない可能性もある。いや、それ以前にパートナーの選択を間違えたと後悔しているかもしれない。

「ね、碧唯く――」

「よく似合ってる……」

気のせいだろうか、碧唯の眼差しが艶めいた。

（やだな。そんな目で見られると恥ずかしいんだけど）

眩しいものでも前にしているかのように見つめられ、急に落ち着かなくなる。

「お、おかしくないって意味？」

「ああ」

感嘆にまみれた声だったため鼓動がドキッと弾む。

そこで初めて碧唯の姿を見て、思わず息をのんだ。

うっすらとグレンチェック柄が入ったグレーカラーのスリーピースは体にフィット

したラインが美しく、光沢がかった生地がフォーマル感を増している。ネイビーのネクタイが南のドレスの色とお揃いだ。もしかしたら写真を見て合わせたのだろうか。いつもさらりとしている髪も整髪料で撫でつけ、しっかり整えている。額にひと筋だけ垂れた前髪が妙にセクシーだ。

「碧唯くん、素敵」

目をまたたかせて彼を見つめる。

「そう？　べつに普通だよ」

なんでもないような口ぶりだが、碧唯はわずかに視線を逸らした。

（もしかして照れてる？　普段クールだけど、碧唯くんでも照れたりするんだ）

碧唯は、小学生のときから感情をあからさまに表情に出すタイプではなかった。いつも冷静で、凛とした様子は年齢よりも大人っぽく見えたものだ。

そんな碧唯が耳をほんのり赤くしている。

知らない一面を見た気がして、なんともいえずくすぐったい気持ちでパーティー会場へ向かった。

大使館に用意された車に乗っておよそ十分、南たちはローマ北部に位置するパリオりへやってきた。

のどかな雰囲気が漂うこのエリアは、ローマ屈指の高級住宅街だそうだ。

社交好きな奥さまのために、外務・国際協力大臣は月に一度人を集めてパーティーを開いているらしい。碧唯も年に何度か招待されるそうだ。

広い敷地内に入ってすぐ車を降りると、目の前に立派な邸宅がそびえたつ。白く太い柱とアールの形をした大きな窓、素焼きや陶製の屋根瓦といった地中海スタイルの外観である。真っ青な空に映える豪邸だ。

エントランスの前には水を豊富に湛えた噴水があり、天使を模した石像から絶えず水が流れている。

「ここは……?」

「外務・国際協力大臣のご自宅」

さすがヨーロッパの要人、スケールが違う。

南が呆けたようにしていると、黒いタキシードを着た三十代くらいのイタリア人男性が近づいてきた。

『会場はこちらです』

イタリア語のため南にはわからないが、碧唯に「行こう」と腰に手を添えられた。

突然だったため小さく「ひゃっ」と声を漏らすと、「フィアンセらしくして」と耳元で囁かれた。

（い、いけないいけない。私は碧唯くんの婚約者なんだから、それらしい雰囲気を出さなきゃ。……でも今、耳に軽くキスしなかった？）

故意か過失か。どぎまぎする南を楽しんでいるような目をする碧唯を軽く睨んだ。

彼にエスコートされて邸宅の右側を迂回していくと、その先に広大な中庭が現れる。真っ青な芝生が目に眩しい。端のほうには料理が並んだ長テーブルがあり、ドリンクをトレーにのせたウエイターが行き交っている。

すでに多くの人たちが集まっており、そのほとんどが当然ながら欧米人。緊張感が南を包み込む。

（頑張らなくちゃ）

密かに自分を激励していると、遠くから碧唯の名前を呼ぶ声がした。

『アオイ！』

ふたり同時に声のほうに振り返ると、黒いスーツを着た男性が悠然とした足取りで向かってくるのが見えた。強い癖のあるダークブラウンの髪に、いわゆるラテン系の彫りが深く凛々しい顔立ちをしている。

『アンジェロ、久しぶりだな』

南の腰に添えていた手を上げ、碧唯がその男性と軽く抱擁する。親密な雰囲気がふたりから漂ってきた。

二言三言、挨拶らしき言葉を交わしてからトントンとお互い背中を叩き合い離れる。そばに立つ南に気づき、男性の目線が注がれた。

『アオイ、こちらの女性は？』

『俺のフィアンセ』

イタリア語のため定かではないが、婚約者だと紹介しているのだろう。それが今回のパーティーに南が出席する最たる目的だ。勝手に予想して緊張し、わけもなくドキドキする。

『フィアンセ⁉　アオイ、結婚するのか⁉　女性たちが落胆して大騒ぎになるのが目に浮かぶよ』

太陽のように明るく陽気な人だ。

『アンジェロは相変わらず大袈裟だな』

〝アオイ〟の部分しか聞き取れないため、ふたりの会話は南には理解できない。大学では第二外国語にスペイン語を選択したが、イタリア語にすればよかったとどうにもほうを向いた。

目を大きく開き、眉を上げ下げするアンジェロの肩を拳で軽く小突き、碧唯は南の

ならない過去を悔やむ。

「南、こっちはアンジェロで、イタリアの外交官だ。いろいろ助けてもらってる」

『アンジェロ、フィアンセの南だ』

碧唯がそれぞれに紹介したのを受けて、南が英語で挨拶をする。

『南です。いつも彼がお世話になっています』

『とっても美しい！　まるで女神のようだ。ミナミ、僕のお嫁さんにならないか？』

「きゃっ」

英語に切り替えたアンジェロに唐突に抱きしめられて呆気にとられたが、すぐさま

碧唯がふたりの間に割って入る。

『おい、アンジェロ、南は俺のフィアンセだ。気安く触れるな』

南を背後に庇うようにしてアンジェロの前に立ちはだかった。

（なんて言ったのかな？）

語気が荒いのは感じるが、碧唯がイタリア語で牽制したため南にはさっぱりだ。

『ただの挨拶だろう？　そう怒るなって。ほら、ミナミもぽかんとしてるじゃないか』

アンジェロは最後のフレーズだけ英語に変え、南に向かって微笑んだ。

『は、はい……』

曖昧に答えて笑い返す。

『碧唯が婚約者を連れて帰ってくるなんて思いもしなかったよ。恋人がいるとも言ってなかったじゃないか。綺麗な女性だから、内緒にしてたんだな。ったく妬けるぜ。ところでうちのボスにはもう挨拶は済ませたのか?』

『いや、今来たところだから』

『じゃ、早速行こう。ミナミの紹介もしなくちゃならないだろう?』

碧唯はアンジェロにイタリア語で返しながら、「行こうか」と日本語で囁いて南の腰に手を添える。突然だったが、さっきのように変な声は出さないようこらえた。

アンジェロのあとを追っていくと、その先に立派な体格をした六十代くらいの男性が見える。横にも縦にも大きな人だ。

豊富な赤毛の髪を整髪料でしっかり整え、イタリア人らしい精悍な顔つきをしている。彼の周りにいる人たちもそれなりにセレブだろうが、放つオーラが常人ではない。

大柄な体型のせいだけではないだろう。

きっと彼がイタリアの外務・国際協力大臣に違いないと南が予想した通り、アンジェロが声をかけたのはその人だった。

振り返った彼が相好を崩し、目尻に深い皺を刻む。

『ヘーイ! アオイ!』

アンジェロ同様、とても陽気だ。

南は数歩後ろに下がり、邪魔にならないよう距離を取った。

『大臣、お招きありがとうございます。その後いかがお過ごしだったでしょうか』

さすがにアンジェロとのときのようにフレンドリーに抱擁などはせず、碧唯は右手を差し出して彼と握手を交わした。

『見ての通り元気さ。アオイがプレゼントしてくれたオリーブオイルのおかげだね。あれは絶品だ。妻とも最高の品だと話しているよ』

『それは光栄です』

『ところで日本に帰るそうじゃないか。非常に残念だよ』

大臣が悲哀たっぷりに眉尻を下げる。

『帰国はしますが、これからもG20議長国、COP26共同議長国として国際社会を牽引しているイタリアとは、国際社会の諸課題や地域情勢について緊密に連携したい所存です』

『もちろんだとも』

『ところで大臣、今日は紹介したい人がおりまして』

碧唯の目線が南に向けられたため、自分の出番だと南は彼の隣に並んだ。

『こちらはフィアンセの南です』

彼に目で合図を送られ、南も名乗って会釈をする。

『フィアンセ⁉ そうなのか！ いやぁ、それはめでたい。とびきりの美人を捕まえるとは、さすがアオイだな』

大臣は大きな目をさらに開き、屈託のない笑みを浮かべる。政府関係者なのに堅苦しさはまるでない。

『ありがとうございます。後ほど奥さまにもご挨拶をさせてください』

『もちろんさ。妻も喜ぶだろう。ほかの人たちにも紹介しようじゃないか』

南たちは大臣の周りに続々と集まってくる人たちと、代わる代わる挨拶を交わしていった。

どの人もセレブとは思えないほど気さくだが、立ち居振る舞いや醸し出す雰囲気はやはり一般人とは違う。女性は貴婦人、男性は紳士といった風情だ。

「碧唯くん、ちょっと喉が渇いちゃったから飲み物をもらってくるね。碧唯くんも飲む？」

「俺は大丈夫。ここにいるから行っておいで」

彼から離れ、会場内を行き交うウエイターからスパークリングワインをもらう。

その場でひと口飲んで喉を潤してから碧唯のもとへ戻ると、彼は先ほど挨拶をした大臣やその取り巻きたちと話に花を咲かせていた。

邪魔をしてはいけないと、少し離れた場所から見守る。

流暢なイタリア語で彼らと楽しそうに、ときに真剣な様子で交渉も交えた話をする碧唯は、大臣にも決して引けを取らない華麗な雰囲気を纏っている。

品性に溢れ、優れた知性も持ち合わせた横顔が、南の鼓動をじわじわと乱していた。

(碧唯くんって、あんなにカッコよかった？)

彼が容姿に優れているのは知っている。女性から好意に満ちた眼差しを向けられていることも。

けれど南は彼を友達としてしか認識してこなかったため、それ以上の目では見ていなかった。

パーティーとはいえ、初めて碧唯の働く姿を目のあたりにし、勝手な動きをする鼓動を制御できなくなる。スマートな仕草と精悍な顔つきから目が離せない。

たまに思い出したように投げかけてくる視線の甘さに、さらにドキッとさせられた。

南がこれまでとは違った目で碧唯を見つめていると、すぐ近くから『うわっ、やっちゃったよ』と英語で落胆する声がした。

そちらを見ると、三十代そこそこの金髪の男性がなにやら慌てて自分のスーツを手で払っている。碧唯に紹介された中にはいなかった人だ。

『どうかしましたか？』

気になって南が英語で声をかけると、その彼は困ったように胸元を指差した。

（あっ……）

スーツのジャケットの襟部分が汚れている。彼が左手に持った皿にはティラミスがのっていた。きっとそれをこぼしてしまったのだろう。

『よかったら、これを使ってください』

南はバッグからハンカチを差し出した。それで綺麗に拭えるとも思えないが、なにもないよりはいいだろう。

『ありがとう！　助かるよ』

彼はフランス語訛りの英語でうれしそうに南からハンカチを受け取り、クリームがついた胸元をそっと拭った。

多少シミになっているが、ダークグレーのスーツのおかげでそこまでは目立たない。

『新しいハンカチをプレゼントしたいから連絡先を教えて』

彼は汚れた胸元を気にしながら目線を落としたまま言った。

『いえ、そんなお気遣いはしないでください。そのまま返していただければ大丈夫ですから』

『そうはいかないよ。――って、キミ……』

そこで初めて南をまじまじと見て、彼が言葉を止める。

『あの、なにか……？』

『いや、あんまり美人だから驚いたんだ。日本人？　こんなに美しい瞳を見たのは初めてだよ』

ずいぶんと大袈裟な人だ。黒い瞳なんて珍しいものでもない。

男性が南に手を伸ばして頬に触れようとしたそのとき、目の前に人影がさっと割り込む。

『申し訳ありませんが、私の連れなので』

碧唯だった。

一瞬呆気にとられた男性が、すぐに柔和な笑みを浮かべる。

『残念だな。まぁこんなパーティーだから誰かの同伴だとは思ったけどね。またひとりでいるときにでも声をかけるよ』

彼は『チャオ～！』と軽い調子で手を振りながら南たちから離れていった。

「ひとりでフラフラするな」

「ごめんなさい。でもフラフラなんてしてないよ。今の人がティラミスをこぼしちゃって、ハンカチを貸してあげただけ。──あっ、返してもらうの忘れちゃった」

碧唯が横から入ってきたため、話題が逸れてうっかりしてしまった。大勢の人が集まっているここで、人の波に消えた彼を探すのは難しいだろう。

「ハンカチなら買ってやる。とにかく俺から離れるな」

「……はい」

肩を小さく丸めて頷いた。

気のせいか、不機嫌そうな顔が嫉妬したように見えてどぎまぎする。

(ううん、まさかね。碧唯くんがヤキモチなんて焼くわけないわ)

会場で別行動をとっていたらパートナーの意味がないと言いたいのだろう。

「でも、さすがヨーロッパの男性ね。女性をさらっと褒めるもの」

日本人男性ではこうはいかない。いつも取り澄ましている碧唯だってそう。

（碧唯くんもたまにはそうしてくれてもいいのにな）

綺麗だとかかわいいだとか、彼にそういった言葉を言われた経験は一度もない。

（……友達だからあたり前か）

そういう南だって、彼に直接〝カッコいいね〟と言った記憶はないのだからお互いさまだ。

「あ、もちろんお世辞だってわかってるから心配しないで。それでいい気になったりしないから」

彼らが挨拶代わりに褒めるのも、それがリップサービスなのも重々承知のうえ。女性に対してなら誰彼問わず口説くのもよく聞く話だ。

本気に受け取らないし、そのへんはわきまえている。色気たっぷりのヨーロッパの美女に敵うはずがないのだから。

「彼らがお世辞で南を褒めてるって？」

「うん」

心から感嘆しているように見せるのだから油断ならない。

碧唯は軽く首を横に振りながら、お腹の底から吐き出すような深いため息をついた。

「どうしたの？　どこか具合でも悪い？」

「いや、なんでもない。俺も話に夢中になって悪かった」

「え？ そんなの気にしなくて平気よ。碧唯くんは仕事で来てるんだから。フィアンセらしい振る舞いは心得ています」

ここでの南の役目は彼のサポート。背筋を伸ばして澄まし、笑顔を向けた。

碧唯がふっと笑みをこぼしながら南を引き寄せ、髪に優しいキスをひとつ落とす。

「――い、今のは必要？」

「フィアンセなら当然。さぁ行こうか」

碧唯は南をエスコートして歩きだした。

昨夜の額へのキスといい今のといい、碧唯が距離を縮めてきているようで戸惑う。

（……あ、きっと予行演習ね。結婚していきなり子どもを作る行為は恥ずかしくてたまらないから。キスから慣らしていかないと）

自分をそう納得させ、心の中で大きく頷いた。

その後もあらゆる人たちと会話を楽しみつつ、大臣の妻や日本大使にも紹介され、和やかなパーティーはつつがなく終わりを迎えた。

翌日、南は碧唯にローマの街に連れ出された。

観光がしたいという南のおねだりに碧唯が応えた形である。南の滞在中は休みを取ったそうで、気兼ねなく彼に案内してもらえるのはありがたい。

「まずは定番のスペイン広場へ行こうか」

「うん、ぜひ」

不意に手を取られたため、南はびっくりして肩を揺らした。

「こうして繋ぎとめておかないと、南はすぐにふらっとどこかへ行くから」

昨日のパーティーの一件を根に持っているのだとしたら、いい加減忘れてほしい。

「そんな子どもみたいに言わないで」

不満を口にする南に、いたずらっぽい笑みが向けられる。それと同時に指を絡められ、図らずも心臓がトクンと高鳴った。

映画『ローマの休日』ではスペイン階段でジェラートを食べるシーンがあるが、今は禁止されているという。映画のヒロイン気分を味わいたかったが断念し、ジェラートを食べられるトラットリアに入った。

階段が見渡せるテラス席に座り、注文を済ませる。

日差しが燦々と降り注ぎ、風は爽やか。とても気持ちがいい。

ほどなくして、南にはチェリー味のジェラート・アマレナが、碧唯にはヘーゼルナッツ味のノッチョラが運ばれてきた。早速「いただきます」と揃って頬張る。

「やっぱり本場のジェラートは最高ね」

現実にローマにいるせいもあるだろう。日本で食べるのとは気分が全然違う。

「碧唯くんのもおいしそう」

「ひと口食べるか？」

碧唯がジェラートを南に突き出した。

「いいの？」

「物欲しそうな顔をされていたら食べづらいだろ」

「そんな顔はしてません。でも遠慮なくいただきまーす」

スプーンでひとすくいして口に運ぶ。

「こっちもおいしい。碧唯くんも私の食べる？」

お返しに自分のジェラートを碧唯に差し出したときだった。

「あれ？　瀬那くん？」

碧唯を呼ぶ声に顔を上げると、テーブル近くに栗色のロングヘアの女性が立っていた。大きな目をした派手な顔立ちの美人だ。自分たち以外から久しぶりに聞く日本語だった。

碧唯に差し出したジェラートを急いで引っ込める。

「武井、こんなところでどうしたんだ？」

「外出したついでに、ちょっと早いお昼をとってから大使館に戻ろうと思って」

どうやら同僚らしい。となると彼女も外交官で碧唯同様にエリートだ。

彼女の視線がツツツと南のほうを向く。

「……もしかして噂の彼女？」

「どんな噂か知らないが、彼女は俺の婚約者」

「倉科南です」

南が頭を下げると、彼女も「武井咲穂です」と名乗った。

「ご一緒してもいい？」

「あ、はい、もちろんです」

彼女に聞かれて頷くと、咲穂は碧唯の隣の椅子を引いて座った。

「俺たちはこれを食べたら出るけど」

「ひとりにしないでって言っても？　なんてね」

碧唯のつれない態度にも動じず、長いまつ毛を碧唯に向けてふふふと笑う。

「今日の大使館は朝から瀬那くんのフィアンセの話でもちきりよ。昨日のパーティー、ら適任だろう。

どうやら普段、パートナーの役目は彼女に頼んでいたようだ。咲穂のような美女な
「それは悪かったな」
てっきり私が同伴を頼まれるのかと思ってたわ」

咲穂は軽く唇を尖らせるようにしたが、すぐにパッと笑みを浮かべる。

「でも、ご本人と会えてうれしい」

「私も同僚の方とお会いできてうれしいです」

ちょっと緊張はするが、同じ職場の人から聞く碧唯の話にも興味がある。

「瀬那くんとは付き合いが長くて、入省したときからずっと一緒に仕事をしてきたの」

彼女によると碧唯とは同期入省で、同時期にイタリアの日本大使館勤務になったという。エリート街道をひた走る碧唯は、こちらでも要職に就いているらしい。

碧唯はめったに仕事の話はしなかったため、咲穂から聞く彼の華々しい活躍はすべて初めて聞くもの。碧唯は隣で相槌を打っているだけだが、それは注文したカルボナーラを彼女が完食しても続いた。もちろん南たちのジェラートもとっくにお腹の中である。

「ちょっと失礼」

彼女の話がきりのいいところで碧唯が席を立ってレストルームへ向かう。南は咲穂とふたりきりになった。

話し尽くしたあとのため話題を見つけられず、手持無沙汰に景色に目を向ける。

「こんな素敵な街で働かれていて羨ましいです」

「そう？　慣れちゃうとなんでもないんだけどね」

「碧唯くんもそう言ってました」

南にはどこを向いても絵になる景色だが、長く住むとありふれたものになるらしい。慣れるのも善し悪しだ。

「瀬那くんのフィアンセ、美人だってみんなが言ってたわ」

「いえ、そんな全然です」

首を横に振って謙遜する。むやみにハードルを上げられて困った。

「でも、ぼんやりして……」

咲穂がボソッと呟いたひと言に引っかかる。

（ぼんやりって顔が？）

過大評価の噂が先行してがっかりさせたのだとしたら申し訳ない。

（もしかして今のは嫌みだったりする……？）

そう思わせるのは、彼女の碧唯に対する好意をうっすらと感じたせいだった。

話しながら碧唯にそれとなく触れたり、必要以上に目を見つめたりするのが気になっていた。碧唯はさりげなくかわしていたが、それでも動じない。

途中何度も気のせいだと自分を納得させていたが、今の言葉が決定打のような気がした。

長いまつ毛かゴミでも入ったのか、咲穂が目を擦りながらオレンジティーを飲み干したところで碧唯が戻る。

「南、そろそろ出よう」

「うん」

彼の言葉に席を立つと、咲穂も立ち上がった。

「私も戻らないと」

思いのほか長居となったトラットリアを三人揃って出る。

「瀬那くん、ごちそうさまでした」

碧唯は席を立ったときに会計を済ませたらしく、咲穂の分も支払ってあげたようだ。

優しさが誇らしい反面、気分がどこかしら沈むのは咲穂の振る舞いが目についたせいだろう。

「いや」

碧唯が軽く手を上げて応えると、咲穂は「ありがとう」とごく自然に彼に抱きついた。ここでも碧唯はやんわりと彼女を引き離したが、咲穂はまったくへこたれない様子でにこやかに微笑んだ。

今のはヨーロッパでは普通の挨拶。べつに深い意味はない。

自分にそう言い聞かせるが、日本人同士のためどうしても異質なものに見える。

（……って私、どうしてモヤモヤしてるんだろう）

彼との間には友情しかないはずなのに、碧唯に対して好意のある素振りを見せる咲穂に、なぜフラストレーションを感じるのか。

そこでふと気づく。

（そうだ。きっと夫になる碧唯くんに対する独占欲のようなものね。微妙に自分の領域を侵された気がしたから。まだ結婚もしてないのに、私ってば……）

だいたいふたりの結婚は、そういった負の感情を避けるためのものである。モヤモヤするのはお門違いだ。

頭を振り、邪（よこしま）な思いを蹴散らす。

南たちは咲穂とは逆方向に歩きはじめた。

「咲穂さんって綺麗な人ね。外交官なら仕事もできるでしょうし才色兼備だ」

「そう？　俺は断然……うけど」

「え？　なに？」

途中、車のクラクションが鳴り響いたため彼の言葉が聞き取れなかった。

「いや、なんでもない」

もう一度言うのが面倒だったのか、聞き返したものの適当にはぐらかされた。

「次はどこへ行く？　行きたい場所は？」

手を取られ、ぎゅっと握られる。

「うーん、そうだな……トレビの泉に真実の口、それからコロッセオでしょう？　あ、あとはバチカン美術館」

「そんなに？」

「だってせっかく来たんだもの。荷造りも頑張るからお願い。ね？」

顔の前で片手だけで手を合わせる真似をし、ウインクまでつけておねだりする。

それが無様だったようで、碧唯は一瞬だけ目を泳がせた。

「しょうがないから連れていってやる」

「上から目線が気になるけど、よろしくお願いします」

そうして碧唯に手を引かれて歩いていると、道路脇のアスファルトに色とりどりの石を使ったハンドメイドのアクセサリーを並べる露店に出くわした。

「わぁ素敵」

思わず足を止めてその場にしゃがみ込むと、露店商の男性がすかさず出迎える。

『いらっしゃいませ』

四十代くらいだろうか、口髭に顎髭、おまけに手の甲にも毛がみっちりと生えた男性がにこやかな笑顔を向けた。

ネックレスや指輪、イヤリングにピアスはもちろん、キーホルダーやストラップもある。手作りとはいえ、どれも繊細で綺麗なデザインだ。

『世界にひとつしかないよ』

露店商がイタリア語で南に話しかける。

「碧唯くん、なんて言ってるの？」

「世界にひとつしかないそうだ」

「そうなんだ。素敵ね。どれか買おうかな……」

あれこれ手に取り、太陽の光に透かしてみる。キラキラして綺麗だ。

「もっとちゃんとしたやつを買ってやるから」

「こっちもちゃんとしてるよ？　あっ、これなんてどうかな、碧唯くん」

いくつも並んだうちからネックレスをひとつ手に取った。

穏やかな白い光を放つムーンストーンをミルククラウンのフォルムで包み込んだデザインは、女性らしいやわらかさがある。

『ムーンストーンの宝石言葉は幸福、恋の予感だよ』

露店商がネックレスを指差して微笑む。

（恋の予感……）

碧唯の通訳で知った宝石言葉が、なぜか心を疼かせる。羽毛でふわりと触れられたみたいだ。

「これにする」

バッグから財布を取り出そうとすると、碧唯が素早く支払いを済ませた。

（こういうスマートなところ、ずるいな）

女心を巧みにくすぐる。先ほどのトラットリアでの支払いといい、嫌みなく自然とできるのは、彼の素敵なところだ。

「おねだりしたみたいでごめんね」

「荷造りの手間賃で」

「じゃ手抜きできないね」

「手を抜くつもりだったのか」

碧唯が鼻をクスッと鳴らしながら南を軽く睨む。

「誠心誠意やらせていただきます」

「よろしい。すぐにつけるか？」

「うん」

碧唯にうしろを向かされたため、買ったばかりのネックレスを手渡し、長い髪をいっぽうの肩にまとめる。

碧唯は留め具を外して南の首にネックレスをかけてくれた。ムーンストーンが首元で揺れる。

「やっぱりかわいい。碧唯くん、ありが――」

うなじにやわらかな感触を覚えたため、お礼の言葉が途中で途切れる。

（……今の、キス？）

体を硬直させていると、今度は首筋に先ほどより長く唇が押しあてられた。

首をすくませ、後ろの様子を窺う。

「あ、あの、碧唯……くん？」

「なにって、今のは……」

前を向いたまま、たどたどしく尋ねる。

「キス？　フィアンセなら、なんらおかしくないだろ」

「……ですね」

フィアンセなら、するのは普通。

「唇にしようか？」

耳元で含ませたようにそっと囁かれ、体が粟立(あわだ)ったようになる。決して嫌な感覚ではなく、むしろその声をもっと聞いていたいと思うなんてどうかしている。

くるっと振り向かされると同時に、今度は唇がふわりと重なって離れる。

「ちょっ……」

かすめた程度とはいえ、確実に触れ合った。

「こんなところで！」

「イタリアじゃ人前でキスしたって珍しくもなんともない」

「そ、そうかもしれないけど」

街を歩いている最中、いたるところで恋人同士のキスを見かけたのは事実だ。とはいえ確実にステップアップしていく予行演習が南を大いに翻弄する。

鼓動がトクンと弾み、速いリズムになっていく。〝恋の予感〟を意味するムーンストーンを身につけたせいなのだとしたら、とても危険な石だ。

(予感なんて感じちゃダメ。碧唯くんはあくまでも私を友達としか見てないんだから)

自分を戒めて、ぐらついた心を立てなおす。

スキンシップが増えるにつれ、友情とは違うものが生まれそうで気が気でない。友情婚の意味がなくなるから、それは決して生まれてはならないものである。

「結婚する自覚はあるのか？」

「あるような、ないような……」

碧唯はどことなくすっきりしない表情をしたあと、諦めにも似た笑みを浮かべて南の手を取った。

希望する観光名所をすべて巡った翌日、南は約束通り碧唯の部屋の荷造りや片づけをして過ごした。

ムーンストーンのネックレスというお駄賃を先にもらっているため、雑に済ませるわけにはいかない。プレゼントに見合った働きをしなければと、丁寧かつスピーディーに。それは碧唯を唸らせるほどの手際のよさだった。

エリートを心服させるのは気持ちがよくて癖になりそうだ。

翌日、帰国するため南は碧唯に連れられてローマ空港へやってきた。

日本へ発つのは南ひとり、碧唯はあと一カ月ほどこちらでの勤務が残っている。

このあと仕事のため、今日の碧唯はネイビーのスーツ姿である。サックスブルーのシャツに同系色のドット柄ネクタイが爽やかだ。麗しい容姿から知性が漂い、ローマに到着したとき同様に方々から彼に視線が集中する。

(碧唯くんって、本当に目立つよね)

日本だけでなく海外でも認められるほど素晴らしい見た目らしい。

横顔をちらっと盗み見て、胸が騒がしくなる。

(やだな。どうして私までドキドキしてるの)

余計な動きをする心臓を宥めようと胸に手をあてるが、指令をなかなか聞いてくれない。罪深い男だ。

「ちょっとここで待ってて」

そう言い置き、碧唯が離れる。たぶんトイレだろうと思いつつ、搭乗ゲート近くのベンチに座っていると、いきなり英語で陽気な声をかけられた。

『あれっ？　キミ、この前の子だよね？』

「あ、パーティーの……」

思わず素が出て日本語になる。

碧唯と行ったパーティーでティラミスをこぼした男性だった。

ブリーフケースを手にしたスーツ姿から察するに、これから出張だろうか。人懐こい笑みを浮かべながら南の隣に腰を下ろす。

『あのときはありがとう。もしかしてこれから日本に帰るの？』

『はい、そうなんです』

『そうなんだ。ここでまた会えるなんてミラクルだなぁ。僕たち、運命の赤い糸で結ばれているのかも？』

男性は腕を広げたり上げたりしてオーバーリアクションで続ける。

『ハンカチ、借りたままでごめんね。じつはあのあと、いつでも返せるように準備してたんだよね』

名前も知らない、いつ会えるかもわからない相手のハンカチを携帯しているとは、なんて真面目な人なのだろう。見た目の軽さとのギャップに感心する。

男性は手にしていたブリーフケースから薄い包みを取り出した。

『これ、受け取って』

貸したハンカチが返ってくると思いきや、べつのものみたいだ。綺麗にラッピングされている。

『それは？』

いったん出した手を引っ込める。

『キミから借りたハンカチは汚しちゃったから新しいもの。借りたものをそのまま返すなんてナンセンスだろう？』

『ですが、新しいハンカチなら受け取れません』

『それは困ったな。キミが受け取ってくれなきゃ、これはゴミ箱行きになっちゃう』

『そんな……』

男性は肩を上げ下げして残念そうだ。

(でも見ず知らずの人からのプレゼントなんて私も困るんだけどな……)

貸したハンカチを返してくれればそれでよかったのに。

『せっかくだから受け取ってよ。ね？　いいよね？』

『で、でもっ』

男性は南の手を取り、強引に包みを持たせた。

『中に連絡先を書いたメモも入れてある。帰国してからでいいから連絡ちょうだい』

なんと中にメモまで忍ばせているとは。

面食らってしきりに瞬きをしていると、男性はいきなり南を引き寄せた。

『あ、あのっ』

イタリアでは決して珍しくない挨拶のひとつだとわかっていても戸惑いは隠せない。

しかも男性はいつまでも南を離さないときた。

（ちょっと、なに、どうなってるの……！）

彼の胸を手で押すが、なかなか解放してくれずじたばたもがいていると——。

『なにをしている』

不意に頭上から凄(すご)みのある声が響き、強い力が南を彼から引きはがした。

「碧唯くん！」

椅子に背中から倒れそうになった南の腕を掴んで引き上げ、碧唯が庇うようにして前に立つ。肩越しに「大丈夫か？」と南を見た。

「うん。ありがと」

『……なんだ、またか』

碧唯のことも覚えていたようで、大袈裟にため息をついた男性が恨めしそうに見上げる。邪魔するなよと言いたげだ。

『知り合いでもない女性にいきなり抱きつくとは、いったいどういう了見でしょうか』

『あ、いや……』

英語で話す碧唯の冷ややかな声に男性が狼狽して目を泳がせる。丁寧な言葉遣いのせいか余計に棘を感じる。

南を守ろうとするのは、実情はどうであれ世間的には婚約者だからとわかっているのに、なんだか胸がむず痒い。庇護されるのをうれしく感じる、南の乙女チックな部分が疼いた。

（初めて見たけど、怒ってる碧唯くんもちょっとカッコイイかも）

なんて不埒な物思いに耽っている場合ではない。

『ちょっとした挨拶だって。そんなに目くじらを立てないでくれよ』

男性は肩をすくめ、両方の手の平を上に向けて〝ね？〟と南を見た。

大勢の人がいる場所で言い争いは避けたいため、ここは男性に合わせるのが得策だ。

「あのね、碧唯くん、この前のお礼だって新しいハンカチをくれたの」

「お礼？　抱きつくのが？」

碧唯はさらに表情を険しくさせた。

「ちょっと度がすぎただけだと思う」

なんとか穏便に収めようとしているうちに男性が不安そうな面持ちで立ち上がる。

南たちが日本語で話していたため内容を理解できないのだろう。

『あっ、そろそろ搭乗時間だから行かなくちゃ』

男性が取り繕ったように手をパチンと叩く。親指と小指を立てて耳にあてる仕草をして、南にウインクを飛ばしてきた。電話をちょうだいというジェスチャーだろう。

男性は軽やかな足取りで人混みの中に消えた。

「で、これは？」

碧唯が、薄い包みを南の手から抜き取る。

「あっ、返しそびれちゃった」

強引に持たされたお礼の品をうっかり受け取ったままだった。

日本に帰れば、今度こそ会う機会は二度とないだろう。

「これは必要ない」

「え？　あ、うん、いいけど……」

「こっちを使え」

碧唯はそう言いつつスーツのポケットから包みを取り出した。女性に人気のイタリアのブランド名が印字されている。

「これは？」

差し出されたものを受け取りつつ首を傾げる。

「ハンカチ」

「……ハンカチ？」

彼の言葉を繰り返す。どうしてハンカチなんて今ここで。

「買ってやるって言っただろ。だからこっちはいらない」

ああそういえば、と思い出す。

(パーティーでさっきの男性にハンカチを貸したあと、碧唯くんにそう言われたっけ)

どうやらたった今、買ってきたようだ。この空港にはブランドショップが立ち並ぶ一角がある。

(でもだからって、私がお返しに彼からもらったハンカチを巻き上げなくてもいいのに。まさかとは思うけど……)

「もしかして碧唯くん、ヤキモチ焼いてる？」

「は？」

「ほかの男からもらったものなんか使うな、俺のを使えって」

ほんの一瞬、それは瞬きで見逃してしまうほどの動きだったが、碧唯の瞳がわずかに揺れた。

（や、やっぱりそう、なの？）

南まで動揺して焦点が定まらなくなる。からかうつもりだったのに、心拍が勝手にスピードを上げていく。

（やだな、私ってば、そんなはずがないじゃない。長い間ずっと友達だったんだし、友情婚を提案したのは碧唯くんだもの）

なんとか気持ちを立てなおそうと冷静さを手繰り寄せる。自分からけしかけておいて情けない。

「だとしたら？」

「……え？」

「ヤキモチだったら？」

碧唯は挑戦的な眼差しで、だけどからかうような色も滲ませて南を見つめた。

パーティーで〝ティラミス男〟との間に割って入ったときも、ついさっき彼から強引に引きはがしたのも、もしかしたら嫉妬からくる独占欲なのかもしれない。

でもそれは、あくまでも友達に対するもの。同性の友達に対して抱くものと同じだ。

学生時代、仲良くしている友人がほかの子と仲良くしていると、取られた気分になってもやっとしたのと似ている。

「建前上は婚約者だもんね」

ほかの男の人からのプレゼントを快く思わなくて当然だ。

(私だってたぶん、碧唯くんが咲穂さんからなにかもらってうれしそうにしていたらいい気分じゃないと思うし)

碧唯は小さくため息をついてゆっくり瞬きをしてから目を逸らした。

「ともかく、こっちは俺が預かっておく。南はこれを使え」

「はい、わかりました。ありがとう」

素直に受け取り、包みを開いて中からハンカチを取り出す。

「あ、かわいい」

それはシェルピンクの生地に白いドット柄が入ったラブリーなデザインだった。南の好みドンピシャだ。さすがである。

「ありがとう、碧唯くん」

顔を上げて笑いかけた瞬間、碧唯に引き寄せられる。イタリアであたり前に交わされる抱擁だと油断したのがいけなかった。

ぎゅっと抱きしめられて解放されたそのとき、彼の唇が南のそれと重なる。優しく食(は)むようにして離れた碧唯の瞳に、見たことのない熱っぽさを感じて鼓動が揺れた。

ものの数秒触れ合っただけなのに、唇に淡く残る甘い感触に戸惑う。

「俺が帰国したら入籍しよう」

碧唯は南の頬をくすぐるように撫で、目を細めた。

結婚する実感がないまま、およそ一カ月が過ぎた。

イタリアと日本とで、碧唯と遠く離れていたせいもあるだろう。

もちろん連絡は比較的マメに取り合っているが、夫婦になるための準備期間が決定的に足りない。なにしろ南たちはキスを交わしただけ。それも軽く触れるだけのものだ。高校生のカップルだって今どきはもっと踏み込んだ関係を築いているだろう。

(でも私たちは友情婚カップルだし、そういう甘さはあまり必要ないから。……私の希望で子づくりはするけど)

あくまでも友達だと自分に言い含めるいっぽうで、碧唯としたキスを思い出すだけで心臓が騒がしくなる。いったいどうなっているのだ。

ずっと友達だったせいだと結論づけて頭を切り替え、パソコン画面に映し出されたハフモデル――集客力・売上高の分析や予測に使用するモデル式の分析に取りかかる。ある小売業から依頼された新規出店の候補地を比較分析するためのものである。

「倉科、ちょっといいか」

各要素の値の変化と影響度を試算していると、部長の沖山から声がかかった。

作業の手を止め、彼のデスクへ向かう。

「時間はあるか？」

「お急ぎであれば優先します」

「じゃ、これを頼みたい」

沖山が南にクリアファイルに挟まれた資料を差し出す。

中身を取り出してパラパラとめくると、不動産会社からのリサーチ依頼だった。人流の把握によるエリア分析である。

人力による通行量調査では、一地点でのデータしか取得できないうえ継続調査も難しい。その場限りのデータ活用になるため、任意の地点における一定条件の人流データの取得は、エリア分析において非常に重要である。

「承知いたしました。月曜日の朝までに仕上げたいと思います」

「仕事が速いのは助かるが、無理はするなよ。体を壊して婚約者に怒鳴り込まれる事態は避けたい」

「怒鳴り込むなんてしませんから大丈夫です」

仕事を大事に思う気持ちは碧唯だって同じ。彼も誇りをもって外交官の道に進んでいるのだから。

それに碧唯が怒りに震える姿なんて想像もできない。いつもクールで感情の起伏を見せないタイプだ。

「俺はこのあと外出して直帰だから、ほどほどにな」

「はい」

南は、沖山から受け取った資料を手に自分のデスクに戻った。

ほどほどにと上司に指示されたにもかかわらず、その日、南は一心不乱にパソコンに向かっていた。

お昼もとらずにいたが、見かねた真帆がサンドイッチを差し入れてくれたため、それを頬張りながら画面と睨めっこ。気づけば定時も過ぎ、フロアには南ひとりだけだった。

(あれ、もうこんな時間?)

電気こそついて明るいが、部署内には南だけ。みんなが『お先に失礼しまーす』と帰っていくのを片方の耳で聞きつつ、パソコンから目を離さずにいた。

金曜日のため、できれば今日中に仕上げたかったのだ。いくら仕事が好きでも休日出勤はなるべく避けたい。そもそも明日は大事な予定があるから無理である。

分析シートを保存し、ようやく完了。大きく伸びをしてデスク周りを片づける。

それからフロアの電気を落とし、キャビネットからバッグを回収し退散した。

間もなく六月下旬。ビルから外へ出ると、梅雨の時期特有の湿った匂いが鼻をかすめていく。雨は降っていないが、夜空には雲がかかっていた。

南が歩きだしてすぐ、バッグの中でスマートフォンが鈍い振動音を伝える。

「あ、碧唯くんだ」

表示された名前をぽつりと呟いて、画面をスワイプした。

「もしもし」

《……まだ帰ってないのか？》

電話越しに夜の街の雑踏が伝わったようだ。

「うん、今仕事終わったとこ。これから帰るところだよ」

歩きながらの通話を避けるべく、いったん歩道の隅に身を寄せる。

《こんなに遅い時間なのに》

「まだ人はたくさん歩いてるよ」

九時まであともう少し。こんなに遅いというほどでもない。

金曜日の夜だから余計に人も多いのだろう。

《迎えに行く》

「えっ、平気だよ。電車に乗ったらすぐだから」

急いで大丈夫だとアピールする。

じつは碧唯は三日前にイタリアから帰国していた。

空港に迎えに行ったが、外務省からも人が来ていたため出迎えただけで南は撤収。数日間は仕事や生活の準備などで忙しいというので、電話でのやり取りだけだった。

《せめてタクシーに乗ったほうがいい》

「電車が止まってるならわかるけど、タクシーに乗ったら無駄遣いになります」

《やっぱり迎えに行く》

「碧唯くんが自宅からここへ到着するまでに、私のほうはアパートに着いちゃうよ」

南がそう言うと、ようやく納得したらしい。碧唯は《わかった》と引き下がった。

(碧唯くんって、意外と過保護なタイプなのね。一応は婚約者だし、友達として心配してくれているんだろうけど。結婚を決めてから、その傾向がいきなり強くなった気がする)

ロマンジュで結婚しようと言われてからのここ一カ月半を振り返ると、気のせいとも言いきれない。なにかにつけて南に対して甘いのだ。目も、態度も、単なる友達でいたときとは明らかに違う。

（もしかして私、愛されてる……？）

まさか、そんなはずはない。

うっかりうぬぼれた自分を超高速で否定する。

《明日は一時頃、迎えに行くから》

「うん、わかった。よろしくお願いします」

明日は碧唯の両親に挨拶する予定である。結婚に向け、いよいよ動きはじめるのかと身の引きしまる思いがする。

この一カ月はどこか他人事で、実感の湧かなかった結婚が現実味を帯びてきた。

友情婚。

どうかそれがうまくいきますようにと、月も星も見えない夜空を見上げて祈った。

翌日、南は朝も早くから、碧唯の両親に結婚の挨拶をするための準備を開始していた。前もって頭の中である程度イメージはしていたが、クローゼットを漁って改めてスタイルを決めていく。

「ね、お母さん、この格好変じゃない？　亜矢（あや）はどう思う？」

母の雅美と妹の亜矢の前でファッションショーさながらにターンした。

パフスリーブになったミントグリーンのサマーニットに花柄の白いプリーツスカートを合わせた、爽やかで清潔感を心がけたコーディネートである。

「そうね、いいんじゃないかしら。ね？　亜矢」

「服は合格だと思う。でも髪の毛は少しまとめたほうが好印象じゃないかな」

「ハーフアップにしたほうがいい？」

長い髪のサイドを上げ、「こう？」と亜矢に確認する。

「うん。きちんと感が出るから」

亜矢は親指と人差し指で丸を作り、愛らしい笑みを浮かべた。

二歳違いの彼女は、南とよく似た顔立ちをしている。ボブヘアの亜矢との違いは髪の長さくらいで、背格好もスリーサイズもほぼ同じため、洋服の貸し借りはしょっちゅう。母の雅美と歩くと、三姉妹に間違われるときもある。

「わかった。そうするね」

アドバイスを受けてヘアメイクを整え、準備が完了した。

迎えに来た碧唯と彼の自宅に向けて出発する。

シャンブレー生地の半袖シャツにホワイトチノパンを合わせた涼しげな装いの碧唯は、夏目前のこの季節にピッタリ。爽やかなスタイルは、母の雅美はもちろん、久しぶりに会った亜矢にまで好印象を抱かせた。

「こんな車で来るなんて聞いてなかったから緊張しちゃう」

帰国したばかりのためタクシーで迎えに来るものと思っていたが、彼が乗ってきたのは予想に反して外国産の超高級車だった。アパートと不釣り合いの車は、住宅街でかなり浮いていた。

「車がないといろいろ不便だから、知り合いに頼んで急遽用意してもらったんだ」

なんと即決して購入したらしい。さらっと買える財力には感心する。

ちなみに碧唯は、帰国後は実家に滞在している。

イタリアにいたときに彼が日本の不動産屋と連絡を取り合ってふたりの新居は押さえてあり、契約も済ませたが引っ越しはしていなかった。

どんな部屋か知っておいたほうが準備もしやすいだろうと碧唯に言われたため、南もひとりで一度訪れたが、腰が引けるほどの高級物件だった。

途中、手土産の準備でパティスリーに寄ってもらい、スティッククラスクをゲット。

ドライフルーツやナッツがトッピングされた華やかなビジュアルは、きっと喜んでもらえるはずだ。

ほどなくして車が高級住宅街に入った。

この街には、碧唯が高校生のときに越してきたという。同じ街に住んでいたときは彼の自宅に遊びに行ったものだが、引っ越し先を訪れるのは初めてである。

どこもかしこも大きな家で、見るからにセレブが住んでいるのが窺える。その中でもひと際大きな門の前で車が止まった。

花と蕾が象られたロートアイアン製の門が開いていく。両脇には防犯カメラが設置されており、碧唯の車に照準を合わせる。さらには警備員まで配置するという万全な警備体制を敷いていた。

世界各国にホテルを展開する御曹司なのは知っているが、南の想像を遥かに超えるセレブリティだ。まったくの別世界に迷い込んだよう。

「南、口が開いてる」

思わず半開きになった口を指摘され、急いで閉じる。

「碧唯くんって、本当の本当におぼっちゃまなんだね」

小学生のときにも立派な家に住んでいたが、その比ではない。

「その言葉には悪意を感じるな」

「悪意じゃなくて羨望。すごいなって感心してるの」

南が家族と住む2ＬＤＫのアパートとは格が違う。

門をくぐって広い敷地内に乗り入れた車が、今度こそ完全に止まる。目の前にヨーロッパのお城のような豪邸が現れた。

外観に施されたモールディングの装飾がクラシックでエレガント。窓や柱がシンメトリーに配置されている。

碧唯に手を取られて車から降り立ち、アプローチを通って玄関へ。モダンな木製のドアを開けると、すぐさま六十代のエプロン姿の女性がやってきた。

「碧唯さん、おかえりなさいませ。南さん、久方ぶりですね。まぁお綺麗になって」

家政婦の木滝房江（きたきふさえ）が、碧唯に声をかけてから南ににこやかな顔を向ける。

柔和な表情とふくよかな体形は当時のまま、南に安心感を与える。

「本当にお久しぶりです、房江さん」

十何年ぶりのため、ぎこちなさは否めないが、南もにこやかに返した。

中庭に臨む二層吹き抜けのエントランスは、曇り空のか弱い光ながらも明るい。

「こちらへどうぞ。旦那さまも奥さまもお待ちですよ」

房江に案内され、碧唯とともにリビングへ向かった。

そこも同様に吹き抜けの大空間。南側にはリビングとフラットになったテラスがあり、広く開けた窓と天井高が抜群の解放感をもたらす。華美な装飾はないが、ナチュラルテイストの内装に品のある豪邸である。

ソファに並んで座っていた彼の両親が立ち上がる。

「おじさま、おばさま、ご無沙汰しております。本日はお時間を取っていただきましてありがとうございました」

手土産を差し出し、なんとか澄まして頭を下げた。初対面ではないが心臓はバクバクだ。

「南ちゃん、本当によく来てくれた。気を使わせてすまないね」

穏やかな目元をした彼の父、浩一郎は六十歳を超えているだろうが、黒々とした豊富な髪は年齢を感じさせない。

「南ちゃんに会うのを楽しみにしていたのよ」

母の春子はシルバーグレーのショートカットヘアだが、目鼻立ちがはっきりとして肌はツヤツヤ。優しそうな雰囲気は昔のままだ。

「さあさあ座って」

春子に促され、碧唯と並んでソファに腰を下ろす。

ふと目を向けたリビングの一画には幼児用のジャングルジムや滑り台などがあった。

「あれは兄の子どものオモチャ」

南の視線に気づいた碧唯がすぐさま説明する。三歳くらいになる彼の甥っ子の遊び場のようだ。

「お恥ずかしながら、孫はかわいいものでね。そんなに頻繁に来ないとわかっていても、揃えずにはいられない」

「爺バカ、婆バカってやつだ」

浩一郎の言葉を受けて、碧唯が痛烈なひと言を繰り出す。

「しょうがないのよ。本当にかわいいんですもの。……あ、だからといって、あなたたちも早く赤ちゃんを作りなさいなんて急かしたりしないから心配しないでね」

「ありがとうございます」

南たちを気遣ったひと言はうれしいが、まさにそれが目的の契約結婚のようなもの。優しさを見せられるほどに罪の意識が大きくなる。

「それにしても本当に久しぶりだね。小学校以来かな」

「小さいときにはうちによく遊びに来たものね。すっかり綺麗になって」

「いえいえ……。おじさまもおばさまもお変わりなくお元気そうで」

「おかげさまでね」

微笑み合うふたりから窺える仲のよさも当時と同じだ。

「それにしても碧唯がいきなり結婚すると言い出したかと思えば、相手が南ちゃんと聞いてびっくりしたよ」

「驚かせてしまってすみません」

恐縮しつつ目線を下げる。

「当時も仲がいいなとは思っていたのよ。でもまさかこうして碧唯に恋人として紹介されるとは思いもしなかったわ」

「碧唯さんは昔から面倒見のいいお兄さんでした。高校で再会したときには勉強はもちろん、部活でも優秀な戦績を収めていたので憧れる女子が大勢で。私も、そんな碧唯さんと結婚するのは未だにちょっと信じられないです」

当時の部員がこの結婚を知ったら卒倒するだろう。『どうして南が⁉』と全員が驚くに違いない。

「そういう南も、頼れるお姉さんだろう？」

「そう見られているだけだから」

本当は違うと言っていたのは碧唯のはずだ。『俺以上に南を知っている男はいないと思うけど？』と豪語した彼の言葉を思い出す。そのときは反発する気持ちもあったが、今考えると本当にその通りだと思う。

長く付き合いのある異性は碧唯ひとりだけ。半年間だけいた彼氏とは年季が違う。

（だとしたら、碧唯くんにとっての私はどうなんだろう。私より碧唯くんをよく知っている人っていないのかな……）

ふと思い出したのは、ローマで会った咲穂だった。同期入省の彼女とは日本でもあちらでも一緒だったから、南よりもずっとよく碧唯を知っているはずだ。

先に知り合ったのは南だが、過ごした時間の濃度でいったら咲穂のほうだろう。そう考えたら、なぜか胸の奥が霞（かすみ）がかかったようにもやっとした。

「碧唯も、兄の史哉も揃って結婚する気がないから、一時はどうなるかと思っていたんだがね。ふたりとも素敵な女性をしっかり捕まえてくれて、私たちもほっとしたよ」

「……ありがとうございます」

素敵かどうかはさておき、歓迎一色のふたりには恐縮するいっぽう。

あたたかな家庭で育った碧唯に対しても、子づくりが目的の結婚に巻き込んだ申し訳なさが生まれた。

その後も終始和やかな雰囲気で時間が過ぎ、南は碧唯と一緒に彼の家を出た。

「これから買い物でも行こうか」

「買い物？」

「新居で使うもの。家具は近々届く予定だから、食器だとか細々としたものを」

碧唯がハンドルを握った車が、大邸宅の敷地を出ていく。

「そうだね。うん、行こう」

インテリアは碧唯の友人にコーディネーターがいて、ふたりのイメージをざっくりと伝えたうえで揃えてもらっている。南は内装にそこまでこだわりはないため、どうせならプロが考えてくれたセンスのいい部屋が一番である。

「碧唯くんのご両親、相変わらずとても素敵ね。あったかい家庭なのも昔のまま。なんかものすごい悪さをしている気になっちゃった」

「なんで」

「子どもが欲しいっていう私の希望に碧唯くんを巻き込んだ形だから」

「俺だっていろいろ都合がよくて了承したんだから、南がそこを悩む必要はない」

南は子どもが欲しいから。碧唯は仕事をするうえで信頼を得るため。

お互いに条件が合い、結婚に繋がったのだからこれでいい。いろんな結婚の形がある時代だし、自分たちもその流れに乗っているのだ。

そうすぐに思い至るのに、心の奥でなにかが〝違う〟と小さく駄々をこねる。その正体がなんだかわからないまま、ひとまずそっとふたをした。

「そうね。ごめん、変なこと言って」

碧唯に謝り、シートに深く座りなおす。

「それとひとつ提案がある」

「提案？」

唐突になんだろうかと彼の横顔を見た。

「夫婦になるんだし〝くん〟づけで呼ぶのはやめよう」

「え？　呼び捨てにするの？」

「ああ」

呼び方の提案をされるとは思いもしなかった。

「無理よ」

「なんで」

「出会ったときからずっと〝碧唯くん〟だから今さら変えられない」

なにしろ小学一年生のときからずっとその呼び方。年季の入り方が違う。

「いつまでも子どもっぽいからずっと気になってたんだ」

「子どもっぽいかな……」

たしかに〝さん〟づけに比べるとそうかもしれないけれど。

「もう〝くん〟って歳でもないだろ」

「そうかなぁ。初々しい感じがしていいと思うけどな」

とはいえ呼ばれる立場の碧唯が気にしているのに、南が頑なに拒むのもどうだろう。彼には南の願望を叶えてくれた恩もあるし、できる限り要望は聞き入れて気持ちよく過ごしてもらいたい。

「わかった、そうするね」

「じゃ早速」

どうぞとばかりに碧唯が左手をひらりと南に向ける。

「え？　今？」

「練習と思えばいい」

「そんなのしなくてもちゃんと呼ぶから」

改まって場を提供されると照れてしまう。こういうのはいつの間にかさりげなくのほうがいい。

「年季が入ってて無理だと思ったんだろう？　なら練習が必要だ」

それもまた至極当然の言い分のため反論できない。

「ほら」

碧唯はまっすぐ前を向き、ハンドルを握ったまま急かした。

「じゃあ一回だけね」

「一回って……まあいいだろう」

これから何度も呼ぶのにと言いたいに違いない。慣れれば何度だって平気だろうが、いきなり振られた南の照れくささもわかってほしい。

軽く深呼吸をして精神を落ち着かせる。

「……碧唯、くん」

「おい」

〝くん〟を省けずに今まで通り呼んだため、碧唯から激しい突っ込みが入る。

「ごめん」

やはりちょっと難易度が高い。二十年以上も呼び続けてきたため、とてつもない違和感だ。

しかしこのままで彼が許してくれるとも思えない。気を取りなおして顎を引き、ひと思いに口にする。

「碧唯」

声に出した途端、頬がカーッと熱くなった。

(よ、呼べた……!)

大袈裟かもしれないけれど、晴れやかな気分になるし達成感まである。まるで仕事で難解なマーケット分析を完成させたあとのよう。

「南」

「はい」

「南」

「……碧唯」

わけもなく呼び合い、笑い合う。呼び方を変えただけなのに、特別な感じがして気恥ずかしい。これまでだって近い存在だったのに、さらに一歩踏み込んだ感覚がした。

「ところで結婚式だけど、十一月頃はどう思う?」

「私たち、結婚式するの⁉」

さっきから碧唯の口からは予想外の言葉ばかり飛び出してくる。

結婚式とは愛し合うふたりが行うものであって、自分たちには無縁だと考えていた。

碧唯がそのつもりだったとは驚きだ。

「普通は女性のほうがしたがるものじゃないのか。まぁ南らしいといえばそうだけど」

「女の子らしくなくてごめんなさい」

かわいいものは好きなくせに、そういった点にドライなのは自覚している。

「いや、南は十分女らしいけど」

「また冗談ばっかり」

南を女として見ていないからこそ、長年ブレずに友人としてやってこられたのだろうから。

信号待ちで車が止まり、碧唯が南を見る。

いつになく甘さを滲ませた目が、南の鼓動を地味に速めていく。意図せず見つめ合い、普段とは違う空気が舞い降りた。

なにかが起こりそうで起こらない。そんな微妙なラインがもどかしいような、だけどその一線を越えるのが怖いような——。

「もう少し素直ならかわいいのに」

「……え？」

いきなり意地悪な顔つきに変わったため、肩透かしを食ったようになる。

いったいなにを期待していたのか。

「なっ……私は十分素直ですけど？　そこがわからないようじゃまだまだね」

恥ずかしくなり、碧唯から視線を外して前を向いた。


碧唯の両親に挨拶をしてから約二週間が過ぎた。

新居の準備も整い、ここまでくると結婚に実感がないとは言っていられない。

「ちょっ、南さん！　その社員証！」

南が首から提げている社員証を見た真帆が素っ頓狂な声をあげる。

じつは昨日入籍を済ませたので、実感うんぬん言っている場合ではないのだ。

南はとうとう人妻になってしまった。

朝一で会社の人事部に届けを済ませ、一応夫の姓である〝瀬那〟を名乗るつもりで社員証を新調していた。

「入籍だけひとまず済ませたの」

「そうなんですかぁ。おめでとうございます」

「ありがとう」

彼との話し合いで、結婚式も挙げることになった。

碧唯の立派な家柄の手前、そうしないわけにはいかない。南自身が、女手ひとつで育ててくれた母を喜ばせたいのもある。たとえそれが契約の名のもとに成り立つ結婚だとしても。そして友情婚であるとしても。

真帆の騒ぎで周りにいた人たちにも祝福の輪が広がる。方々から「おめでとうございます」と拍手が飛んできた。

「みんな、ありがとう」

「キャーッ、もう早速人妻のオーラが」

目眩でふらつく仕草をした真帆を見て、周りがどっと笑いに包まれると、部長の沖山が「おーい、倉科」と呼んだ。

「部長、南さんはもう瀬那さんですよっ」

真帆のひと言に、「そうか。悪い」とバツが悪そうに頭をかく。

「無理に呼び方を変えなくても大丈夫ですから、部長」

そう言いながら、彼のデスク脇に立つ。呼び名を変更する難しさなら、南が一番よく知っている。

「この前作ってもらった分析データ、先方からお褒めの言葉をもらったよ」

「そうですか。それはよかったです」

残業して作成した不動産会社の人流データである。遅くまで残った甲斐があった。

「できればソフトの導入も検討したいそうだ。うちのサポートも必要にはなるだろうが、一度先方と打ち合わせをしよう。近いうちに付き合ってくれ」

「もちろんです」

顎を引いて答えると、沖山は「頼りにしてるぞ」と表情を引きしめながらも目を細めた。

その週末、南は碧唯とふたりでブライダルサロン『マリアンジュ』を訪れた。

挙式の場所は、高原に建つリゾートホテル『ラ・ルーチェ』に決定。碧唯の兄である史哉が社長を務めるホテルである。日取りは十一月となった。

今日は日程と場所を決めて帰る予定だったが、すんなり完了したためドレスの試着を勧められた。

プランナーから引き継ぎ、観月茉莉花（みづきまりか）というネームプレートをつけたかわいらしい女性が南たちをドレスルームへ案内する。

「わぁ、すごーい」

純白のウエディングドレスはもちろん、カラードレスや白無垢、色打掛といった目にも鮮やかな衣装がたくさん展示されている。カラフルな花畑のよう。

「結婚式には興味がなかったんじゃ？」

腕組みをして、碧唯がいたずらっぽい目を南に向ける。

「そうだったはずなんだけど」

ドレスを見るとやはりテンションが上がる。仕事人間などと言われていたが、自分もちゃんと女の子だったんだと感じてやけにうれしい。

目を輝かせる南を碧唯が眩しそうに眺める。

「ぜひいろいろとご試着なさってください」

スタッフの観月が南に微笑みかける。

「Aラインからマーメイドライン、プリンセスラインなど、どんなタイプもご用意しておりますので」

「ありがとうございます。碧唯くんはどんなのがいい？」

観月に会釈を返してから碧唯に振り返る。

「こらこら」

「……え？」

「碧唯〝くん〟？」

呼び方を指摘され、「碧唯はどれがいい？」と言いなおす。

「俺はなんでも」

「なんでもって、なにかリクエストがあると選びやすいんだけどな」

「南ならなにを着ても似合うだろ」

「それは投げやり？　それとも褒め言葉？」

言葉の真意を追及する。

じっと見つめたら、碧唯はウエディングドレスのコーナーを物色しはじめた。

南もその隣であれこれと手に取っては鏡に向かって合わせる。

どれも素敵なため、これといった決定打がない。いっそ全部着たいくらいだが、お色なおしにも限度があるだろう。

「何着かご試着してみませんか？」

「あ、はい。では、これとこれと……こっちも」

それぞれタイプの違うドレスを三着選ぶと……。

「これもお願いします」

碧唯が手にしていた一着を観月に差し出した。

「かしこまりました。では新婦さまはこちらにどうぞ」

なにげに〝新婦さま〟というワードがくすぐったい。

観月にアテンドされ、広いフィッティングルームに入る。そこには大きな三面鏡があり、三方向に自分が映って落ち着かない。

最初に試着したのは碧唯が選んだプリンセスラインのドレス。腰から張り出るスカートはロングトレーンが扇状になり、歩いているときにも華やかさを演出できそうである。長袖のボレロがしっとりと美しい、シックで上品なものだった。

「……素敵」

ロイヤルウエディングを思わせるドレスにうっとりしていたら、観月が南の首元を見て微笑んだ。

「綺麗なネックレスですね」

ローマで碧唯が買ってくれたムーンストーンだ。あれ以来、南のお気に入りで毎日着けている。

「ありがとうございます。彼にローマで買ってもらって……」

「まぁそうですか。とても素敵です。それにしましても、さすが新郎さまのお見立てですね。とてもよくお似合いです。早速見ていただきましょう」

観月がフィッティングルームのカーテンを開けると、少し離れた場所でべつのドレスを見ていた碧唯が振り向いた。

なにも言わずに、ただ南をじっと見つめたままゆっくりと近づいてくる。

「いかがでございましょうか、新郎さま。エレガントな新婦さまによくお似合いですよね」

「ええ」

観月に話しかけられてもなお、南から目を離さずに頷く。視線で射貫かれたようで、南のほうが戸惑う。

「ど、どうかな、碧唯」

「いいと思う」

目が肥えているだろう碧唯が言うのだから間違いないとは思うが、もっと違う言い方はないものか。綺麗とかかわいいとか。

(そこまで言うほどでもないって言いたいのかもしれないけど)

もともと褒め言葉はあまり言わないタイプだから仕方がないか。

「これにしようかな」

「いや、もっといろいろ着てみたらいい。せっかく試着できるんだから、お姫さま気分をとことん味わうといいよ」

「時間がかかってもいいの？」

「そんなの気にするな。じっくり選ぼう」

碧唯の言葉に後押しされ、いったんカーテンを閉じてべつのドレスに袖を通していく。マーメイドラインやAライン、ベルラインやミニ丈といった様々なシルエットのものを次々と試してみる。

それこそ二十着は着ただろうか。どれも素敵で目移りするが、最初に着たドレスの印象が強く、碧唯の反応も一番よかった気がする。

「これ、もう一度着てみてもいいですか？」

彼が選んでくれたドレスを手に取った。

「はい、もちろんです」

慣れた手つきの観月に手伝ってもらいながら、再度同じドレスを着て彼の前に出た。

「私やっぱりこれがいいな」

碧唯が満足そうに微笑む。

「それじゃそうしようか」

「新郎さまも試着してみませんか？　新婦さまのドレスに合わせた衣装をご用意いたしますが」

一瞬ためらうようにしたが、碧唯は「お願いします」と頷き、彼女についていった。

ドレスを着たまま椅子に座って待つこと二十分弱。

「お待たせいたしました」

観月の声に顔を上げると、そこにグレーのタキシードに身を包んだ碧唯が現れた。

黒いウエストコートに黒いユーロタイが華麗で、座ったまま呆然と彼を見つめる。

碧唯は、ゆったりとした足取りで南のもとへやってきた。

「どう?」

手を取って南を立たせた彼から目を離せない。

「……カッコいい」

南の感想に碧唯がクスッと鼻を鳴らす。

「新婦さま用にアクセサリーも持ってきてみますね」

観月はそう言ってフィッティングルームから出ていった。

「碧唯のカッコよさに私なんて霞んじゃいそう」

「南こそ……」

なにか迷いでもあるのか、碧唯が言葉を曖昧に止める。

「私こそ、なに?」

「……綺麗だ」

ドキッとしたのを隠そうとして、つい憎まれ口を叩きたくなる。

「本気でそう思ってる？」

さっきは『いいと思う』しか言わなかったくせに。

笑顔で小首を傾げた。

「証明が必要なら」

そう言うなり碧唯が南の唇にキスを落とす。突然の事態に南は目を見開いたままである。

すぐさま離れた彼が、間近でしっとりと見下ろす。

驚いたのになにも反応できず魅惑的な瞳を見つめ返していると、腰を引き寄せられてもう一度唇が重なった。

今回もすぐに離れるだろうとの予測は覆され、碧唯はやわらかな感触を楽しむかのように唇を擦り合わせ啄む。顔がカーッと熱くなり、鼓動がスピードを上げていく。

不思議と抵抗する意思が起こらない。友達なのに全然嫌じゃない。

それとも友達だから嫌じゃないのか。

結論が出ないまま唇を貪られ、彼の舌先が侵入を試みたそのとき——。

「お待たせいた――し、失礼しました」

観月が戻ったため慌てて碧唯から離れる。

碧唯はさっと南の唇を親指で拭ってスマートに謝り、南は目も合わせられずに俯いた。

「すみません」

「仲がよろしいのは結構なことですので。幸せのおすそ分けをありがとうございます」

お礼を言われてしまい、かえって恥ずかしい。

その後、観月が用意してくれたティアラやネックレスをつけ、ふたり並んで写真まで撮りサロンをあとにした。


新居での生活スタートを前にして、南は入籍祝いと称して友人の千賀子にふたりだけのささやかなパーティーを開いてもらっていた。

たまに行くスペインバルのテーブルには、イカやピーマンのフリット、いわしの酢漬けであるボケロネス、スペイン風オムレツのトルティージャなど、スペインならではの料理がずらりと並ぶ。

「とうとう瀬那南になったかぁ」

ライムサワーでの乾杯も早々に、千賀子が感慨深げに呟く。

「それでいつからふたりで暮らしはじめるの？」

「明日から」

入籍から二週間が経ち、家具の搬入も完了。南の荷物もだいたい運び込んであり、明日の午後、碧唯が自宅に迎えに来る予定になっている。

その日こそ、ふたりの結婚生活のスタートだ。

「瀬那南さん、今のお気持ちは？」

千賀子がリポーターの真似事をしてエアマイクを南に向ける。

「気持ちって言われても……」

「おふたりはもう親密な仲と思ってもよろしいのでしょうか」

「や、やだな、千賀子ってば。私たち、友情婚なんだから」

「でも子づくりが目的だと伺っていますが」

あくまでも直撃インタビューを貫くらしい。千賀子は大真面目な顔をして南の答えを待った。

「そう、だよね」

つまりそれに繋がる〝行為〟は必須である。それがなければ、南の目的は達成できない。

「南にひとつ質問してもいい？」

ノリが悪いためリポーター役を諦めたのか、いつもの口調に戻った千賀子が急に真顔になる。

「子どもができたら、そのあとはどうするの？」

結婚の決定打が子どもだと打ち明けていたため気になるのだろう。

千賀子を凝視したまま、手にしていたフォークをプレートに置いた。

「ふたりでしっかり育てていくつもりだよ。彼も子どもはしっかり愛するって。でももしも離婚になっても養育費は心配するなって言われてる」

「子どもができる前から離婚の心配？」

できれば離婚は避けたいし、子どもが欲しいのと同じくらいあたたかな家庭も夢見ているのだけれど、なんとなくそうは言えなかった。碧唯の負担になりたくない。

結婚を決めてからというもの、急に甘いムードで迫ってきたりする彼の本心がわからず、南は翻弄され通し。友達でいたときの南に対する扱いと、婚約者や妻になった南に対する扱いには明らかに違いがあり、もしかしてそこに愛があるのではないかと勘繰るのも一度や二度ではない。

これまで何度となくされた優しいキスを思い出すと同時に、なぜかふとローマで会った咲穂の顔が浮かんだ。

親しげに碧唯に接していた彼女を思い出すと、なぜか胸に黒いものが広がっていく。夫への独占欲の一種なのかもしれないが、近頃はそれを持て余しつつある。

「南?」

いつまでも黙り込んでいる南の顔を千賀子が覗き込んだ。

「あっ……ごめんね」

まばたきを一度大きくして、取り澄まして続ける。

「まだ入籍したばかりだし、ふたりでの生活もスタートしてないから、先はなんともいえないかな」

「恋人はじまりじゃなければ、まぁそうだよね。私はふたりには末永く一緒にいてもらいたいけど」

「うん……」

曖昧に返事をしてぼんやりしていると、千賀子は思い出したようにパチンと手を叩いた。

「あ、そうだ、昨日ドレスを試着したって言ってたでしょう? 写真は撮った?」

昨夜、メッセージで報告していたのを思い出したみたいだ。

「一応ね」

「見せて」

千賀子にねだられ、バッグからスマートフォンを取り出す。保存してある写真を表示して彼女に手渡した。

「やっぱ南、綺麗。瀬那さんもカッコいいね」

「碧唯はともかく――」

「〝碧唯〟だって。いつの間に呼び捨てになったの？」

千賀子が口元に手をあてて冗談めかす。からかう目つきで南を見た。

さすがにスルーしてほしいというのは無理な願いだったか。

「この前、彼から言われて。夫婦になるんだしって」

「へえ、ふーん」

愉快そうにニコニコした顔はなにか言いたげだ。

「……なに」

身構えて問いかける。

「愛のない友情婚とか言いながら、結構仲良くやってるんだなと思って」

「からかわないで」

「からかってないよ。仲良きことは美しきかなって言うでしょう？　いい傾向よ」

仲がいいのは素晴らしいと言われ、恥ずかしさが消えていく。

千賀子は再びスマートフォンの写真に目を落とした。

「ほんと綺麗」

「ドレスのおかげだから」

ウエディングドレスを着れば、女の子はみんなお姫さまになれる。この結婚にどんな事情があろうが、純白のドレスがすべてを帳消しにして輝かせてくれるのだ。

「そんなわけないでしょう？　南って昔から自覚がないんだよね」

千賀子は南を軽く睨み、またすぐ写真に目を落とす。

「美男美女でお似合い。こういうのを見ると、私も早く結婚したいって思っちゃう。っていうより、私もウエディングドレスの試着がしたい」

「えっ、そこ？」

笑いながら突っ込みを入れる。

「そこ。だっていろんなドレスを着放題でしょう？　憧れるな～」

目をキラキラ輝かせて宙を見つめる。ドレスを着た自分の姿でも思い浮かべている

「さてと、冷めないうちに食べよっか。はい、南、これおいしいからもっと食べて」

千賀子はスマートフォンを南に返し、切り分けたトルティージャを取り皿にのせた。


千賀子とお祝いをした翌日、南は迎えに来た碧唯とともに母と妹に見送られて、長く住んだアパートをあとにした。

ふたりが新生活をスタートするのは、東京湾を望む低層のマンションである。

シックな佇まいの建物の前には桜など緑豊かなオープンスペースがあり、都心にいながら四季を感じられるのはうれしいポイントだ。

二十四時間対応のコンシェルジュ、居住者専用のプールやフィットネスまで完備した贅沢な住まいは、もちろんセキュリティも万全である。

碧唯は数日前に完全に引っ越しを終え、南は最後に大きな段ボール箱をひとつだけ持参してきた。中には今朝まで必要だったコスメ類などの細々したものと、土壇場までどうするか迷っていたものが入っている。

「これ、ずいぶん軽いけど、なにが入ってるんだ？」

コンシェルジュにカートを借りたが、のせるまでもなかった。

「あ、うん、化粧品とかその他もろもろ」

適当にごまかして、リビングの隅に置いてもらった。

白を基調としたリビングは天井まである縦長の窓が何連にも連なり、光を存分に取り込む。二層吹き抜けの天井高を黒のサッシが引きしめ、白い革張りのソファとのコントラストがスタイリッシュな空間だ。

壁面には光沢が美しいモダンラグジュアリーなブックシェルフがあり、間接照明の光で高級感を醸し出している。その前にはゆったりと寛げそうなひとり掛けのソファがあり、美しい曲線のデザインがリビングに花を添えていた。

リビングとダイニング、南と碧唯それぞれの部屋のほかに寝室がある３ＬＤＫの間取りは、これまで三人家族で２ＬＤＫに住んでいた南には贅沢すぎて、ちょっと落ち着かない。住人というよりはお客さんの感覚である。

荷物の片づけが終わっていないため分担して取りかかり、あっという間に時間が経過していく。気づけば六時を過ぎ、空腹を覚えたため書斎にいる碧唯に声をかけた。

「そろそろご飯にしない？」

碧唯が「もうそんな時間か」と腕時計を見る。外はまだ明るいため、驚くのも無理はない。

「食材がまだ揃ってないからデリバリーにする？　それとも外に出る？　スーパーに買い出しに行ってから作ってもいいよね。碧唯の腕前には敵わないかもしれないけど、手の込んだものでなければ私も作れるよ」

実家では家事が当番制だったため、ひと通りの料理をしてきた。碧唯の好みに合うかどうかはべつとして、そこまでひどい腕前ではないと思う。

「南の手料理も捨てがたいけど、今夜はふたりの生活のはじまりを祝して外で食べようか」

「わかった。すぐに準備してきます」

入籍はすでに済んでいるが、夫婦としてスタートするのは今日から。改まってそう言われると、どうしても〝子づくり〟のワードが浮かんできて鼓動のリズムが乱れる。

それを悟られないように、そそくさと彼の書斎を出た。

碧唯が南を連れていったのは、マンションから歩ける距離にある、隠れ家のようなフレンチレストランだった。

住宅街に溶け込むようにしてあるその店は、看板がなく知る人ぞ知るレストランらしい。

ひと足先に越していた碧唯は、近辺を散策しているときに偶然見つけたという。

緑溢れるシャレた庭を有した一軒家のような造りは、とうてい店とは思えない。門を抜けてアプローチから店内に足を踏み入れると、ベージュを基調としたシンプルな空間が広がっていた。

「瀬那と申します」

「瀬那さまでございますね。お待ちしておりました」

清潔そうな白いシャツと黒いトラウザーズに身を包んだ男性スタッフが、南たちをテーブルに案内する。

「予約してたの？」

碧唯は驚く南に涼しい顔で「ああ」とだけ答えた。

押しつけがましくないスマートさが心憎い。これまでもそうだったはずなのに、この頃やたらと碧唯のそういった一面が目につくのはどうしてだろう。

店内には四人掛けのテーブルが六つだけ。間隔を広くとってあるため、ゆったりと過ごせそうである。窓から手入れの行き届いた庭が見え、ライトアップされた低木のコニファーがかわいらしい。

「コース料理でいいか？」

「碧唯にお任せします」

メニューを見てすぐにパタンと閉じる。説明は日本語でもされているが、料理名はフランス語表記のため、南にはさっぱりだった。

それに比べて碧唯の発音のよさは耳に心地いい。フランス語まで話せるエリートぶりを見せつけられた。

ほどなくしてフルボトルのワインがテーブルに届けられる。グラスを満たしたのはクリアな桜色をしたロゼだった。

ふたりの新生活スタートを祝して乾杯する。口あたりのまろやかなワインがスーッと喉を通っていく。

「南に渡したいものがある」

ワイングラスを置き、碧唯がポケットから小さなケースを取り出す。それは中身がなにかすぐにわかるほど特徴のあるものだった。

「それって……」

南が凝視するなか碧唯がケースを開けると、ライトを浴びたダイヤモンドがきらりと輝く。緩やかにカーブを描いたデザインのエンゲージリングが、惜しげもなく美しい光を放った。

「左手、出して」

「……いいの？」

「あたり前だ」

碧唯はふっとやわらかく笑って目を細めた。

南たちは交際を経ていない友達夫婦。しかも離婚も辞さない結婚である。普通とは違うため、改まって指輪をもらえるとは思ってもいなかった。

指輪の煌めきに目眩を覚えながら、おそるおそる左手をテーブルの上に出す。

碧唯はその手を取り、真剣な様子で薬指に指輪を滑らせた。大事なものを扱うような手つきが胸を甘くくすぐる。

手をかざしてうっとりと見つめていると……。

「じつはもうひとつ」

碧唯はちょっと誇らしげに、さらにケースをテーブルにのせた。

「え？　もうひとつって……。――もしかして」

南のひらめきと同時に、もういっぽうのケースが開かれる。中にはリングがふたつ、これまた眩い光を放っていた。

女性物のほうには小さなダイヤモンドが五つ、男性物にはひとつ埋め込まれたゴージャスなデザインである。

「もう一度手を貸して」

優しく言われるままに手を出し、挙式で行われる指輪の交換よろしく、お互いの指にはめ合う。

「すごく綺麗……。もしかして重ねづけできるようにデザインを合わせたの？」

描いたカーブがぴったり重なるようになっている。

「エンゲージリングは普段なかなかつけない女性が多いみたいだけど、ジュエリーケースにしまいっぱなしにさせたくないからね。ちゃんとはめろよ？」

命令口調の言葉とは裏腹に、碧唯の目元に照れが浮かぶ。

「でも傷つけちゃいそうで怖いな」

貧乏性かもしれないが、もったいない。普段つけているファッションリングも細かな傷がたくさんついている。高価なものではないため、神経を使っていないせいもあるだろう。

「まぁそう言わずにつけてくれ」

「せっかくだもんね。素敵な指輪をありがとう」

あまりの美しさに、いつまでも眺めていたくなる。

左手を見るだけで自然とこぼれる笑みに、碧唯も笑い返した。

「だけど碧唯って、こういうの慣れてるよね」

「べつに慣れてなんかない」

碧唯は澄まし顔で謙遜するが、これまでにも女性に指輪をプレゼントした経験はあるだろう。モテていた碧唯なら、ないほうがおかしい。

どこから情報を仕入れたのか、大学時代に〝南の友達にめちゃくちゃイケメンがいる〟と噂になったことがある。名前も知らない同級生や先輩から『紹介して』だの『合コンをセッティングさせて』だの言われて対応に苦慮したものだ。

ゼミでお世話になっていた先輩にどうしてもと頼まれて、一度だけ碧唯に合コンに参加してもらったが、『もう二度と引き受けるなよ』と厳しく釘を刺された。同席した女子たち全員から猛アピールされて辟易したらしい。

そのときはモテる男の人って大変ねと俯瞰で眺めていたのに、婚約指輪じゃないにしろ、女性にプレゼントした彼の過去を勝手に想像して嫌な気分になった。

（……やだな、これってまさか嫉妬？）

違う違うと真っ向から否定して頭を振る。人は、自分の所有物が第三者に侵されると不快になるものだから。碧唯は所有物とは違うけれど、夫ではある。

だからこの気持ちは恋でも愛でもない。

(碧唯を好きになったら、友情婚じゃなくなっちゃうもの。ダメダメ)

必死になる自分の滑稽さに気づかないまま、コース料理は進んでいく。

焦がしバターが香り立つ鱈のガレット焼きや複数の肉を寄せたテリーヌをパイで包んだパテ・アン・クルートなどを堪能し、南たちはレストランを出た。梅雨が終わり、昼間の暑さを溜め込んだ空気は、夜になっても高い温度を保っていた。

湿気のあるもわっとした風が体にまとわりつく。

ただひとつうれしいのは、雲のない夜空に浮かんだ真ん丸の月が見える点だろうか。

「少し遠回りして帰らないか?」

ここからマンションまでまっすぐ帰れば十分程度だが、少し夜風にあたろうと碧唯が誘う。

碧唯は南の手を取り、指を絡めた。

まだ慣れないぬくもりはドキドキするくせに心地いい。

「そうね、月も綺麗だしね」

南が指差した空を碧唯が見上げる。

街灯の役割もできそうなほどの月明かりだ。

「綺麗だな」

「中秋の名月にはまだ早いけど、ちょっとしたお月見ね」

南たちは来たときとは逆方向に歩きだした。

レストランを大きく迂回するようにしてゆっくりマンションを目指す。夏特有のコンクリートやアスファルトの匂いが、そよ風に乗って南たちの間を抜けていく。

「明日も暑そうだね」

「ああ。早いところ秋になってもらわないとバテるな」

そんな他愛のない話をしながら歩いていると、ふと鼻先を香ばしい匂いがかすめた。

「なんか匂わないか？」

「うん、なにか焼いてる？」

醤油の焦げたような匂いに混じって、甘い匂いもする。

ふたりで鼻をクンクンさせながら足を進めていると、通りがかった神社の鳥居の向こうにオレンジ色の灯篭の明かりや屋台が並んでいるのが見えた。

「縁日？」

「みたいだな」

神社の境内に向かって提灯がいくつもぶらさがっている。近所の人たちだろうか、それほど人出は多くないが、賑やかな声や屋台から漏れる自家発電の音がしていた。

小さな神社のささやかな夏祭りだ。

「ちょっと寄っていかない？」

「食べたばかりなのに？」

「食べるのが目的じゃなくて雰囲気を味わいたいの。ね？　行こう」

碧唯の手を引っ張り、鳥居をくぐった。

「ね、高校生の部活の大会で地方に行ったとき、みんなでお祭りに繰り出したの覚えてる？」

三年生の碧唯にとっては最後の大会だった。

「ああ、そういえばあったたな」

好成績を収めたご褒美に、顧問の先生が連れていってくれたのだ。

「今夜はおごりだ！って、先生が散財してくれたんだよな」

「そうそう。みんな遠慮なしにいろんなものを食べたよね」

「射的の屋台では片っ端から景品をゲットして嫌がられたけどな」

「そうだったね」

弓道部員の真価が問われるため、狙った的は外せない。しかも景品は当時大人気のアニメグッズで、大会並みにみんな真剣だった。

焼きそばにタコ焼き、じゃがバターにイカ焼きなど、食欲を誘う匂いにつられるようにして思い出話に花が咲く。その中に懐かしいものを見つけて思わず足を速めた。

「あっ、りんご飴（あめ）！」

夏祭りの定番スイーツを発見してテンションが上がる。碧唯を引き連れて屋台の列に並んだ。飴がけしたツヤツヤのりんごは、見た目からしてかわいい。

「食べる気か？　雰囲気を味わいたいだけと言っていたのは誰だった？」

「見たら食べたくなったの」

「食いしん坊だな」

食欲はお腹の減り具合だけでなく、目からも湧くものらしい。

碧唯がクスッと鼻を鳴らして笑う。

「碧唯、覚えてる？　私が先生に買ってもらったりんご飴、落として台無しにしちゃったの」

「そうだったな。あのときの南の落ち込みようといったらなかった」

碧唯が屋台に買いに走ったが、すでに閉店。買えなかった悲しい思い出だ。

「そのときのリベンジ」

「なかなか執念深いな」

「あっ、今のちょっと意地悪な言い方ね。粘り強いって言ってくれる？」

碧唯に笑われながらりんご飴をひとつ購入し、再び歩きだした。

「碧唯、ひと口食べる？」

「いや、俺はいい」

「じゃ遠慮なく、いただきます」

彼のほうに突き出したりんご飴を引っ込めて歯を立てる。パリッと音を立てて飴が割れると、中から甘い果肉が出てきた。

やっぱりおいしい。懐かしい味がする。

当時はひと口食べただけで落としてしまったため、注意深くかぶりついていく。そうして小ぶりのりんご飴はあっという間に南のお腹の中に収まった。

棒を近くのごみ箱に捨てて、あてもなくぶらぶら歩いていると屋台の列が途切れ、南たちは気づけば御社殿までやってきた。

小さな本殿がひっそりと建ち、提灯や灯篭の明かりもなく、縁日の賑やかさが嘘のよう。石畳を歩くふたりの足音だけが、周りの木立の中に響いていた。

「誰もいないね。戻る？」

碧唯を見上げたそのとき、視界が遮られると同時に唇にやわらかな感触を覚えた。軽く吸い上げてすぐに離れた彼が、間近で微笑む。そこはかとなく熱っぽい眼差しなのは南の思い違いか。

「そ、それはりんご飴を食べ——」

「南の唇、甘いな」

「もう一回」

最後まで言わせてもらえなかった。

碧唯に腰を引き寄せられ、唇がもう一度重なり合う。南の言葉ごとさらうような、触れるだけでは済まされないようなキスが鼓動を加速させていく。

腰を抱く腕の逞しさと引きしまった胸板を感じて頬が熱い。今にも唇を割りそうな気配がして、彼の胸を手で押した。

「誰かに見られちゃうから」

鼓動の乱れが声を震わせる。優しく重ね合わせていただけなのに息が上がっているのを思い知らされた。

「こんなところに誰も来やしないよ。……それに誰に見られたって俺は構わない。いっそ見せつけてやりたいくらいだ」

心なしか切実な声色と意味深な言葉が、南の瞳を揺らす。

(もしかして私を好き、なの……? ――ううん、まさかね)

意味を測りかねて一瞬浮かんだ疑惑は、すぐに打ち消した。

碧唯は南が友達だから、この結婚を推し進めた。

そこにあるのは愛情ではなく友情。離婚も辞さない構えの彼が、南を好きなはずはないのだから。

そう否定した途端、胸の奥で鈍い痛みを感じた。

「南」

思考の狭間に揺らいでいた意識を碧唯が強制的に呼び戻す。

囁くように名前を呼んですぐ、再び南に唇を重ねた。

たぶん今度は触れるだけでは済まされない。そう予感した通り、碧唯は南の唇を尖らせた舌でくすぐりながら割った。

りんご飴で甘く潤った口腔内を碧唯の舌がかき混ぜ、南の舌をからめとる。ぬらりとした卑猥な感触が背筋を痺れさせた。

腰に回された手も、頬に添えられた手も、あたかもそこに愛があるように感じてしまうのは情熱的に交わされる口づけのせいなのか。

油断したら最後、深みにはまって抜け出せなくなるのを本能的に感じた。

心を強く持ち、友情の枠をはみ出ないように必死にもがく。

そんな葛藤など知らない碧唯は、不作法に南の舌を弄び、とろけるほどの熱を植えつけていく。

こんなのダメ。

恋と友情の境界線を越えるたびに抗うが、彼の甘く濃厚なキスから逃れられない。

青々と生い茂る木々の隙間から差し込む月明かりだけが、錯綜する想いに翻弄される南たちを見ていた。


言葉少なに遠回りしてマンションに帰り着き、先にお風呂を済ませた南は、まだ真新しい匂いが残る寝室で落ち着きなくソワソワしていた。

結婚してから初めてふたりで過ごす夜。つまり初夜である。

イタリアではベッドとソファで別々に寝たが、夫婦になった以上そうするわけにはいかない。そもそも子どもが欲しい南の希望のもとに至った結婚なのだから、ここで拒んでいては話にならない。

頭ではわかっているが、いざその状況に置かれ、全身が緊張に包まれる。つい先ほど神社で交わした濃厚なキスを思い出し、胸が異常なリズムで脈を刻みはじめた。

心の裏側に見え隠れする謎の感情の正体を知るのが怖く、即座にそこから目を逸らす。南が深呼吸を何度か繰り返していると寝室のドアが開き、碧唯が入ってきた。

白いTシャツにハーフパンツというラフな格好はイタリアでも見たはずなのに、正式に夫婦となった今、あのときとは状況が違うせいか、むやみに南の心臓をいたぶる。

「突っ立ってないで座れば？」

ベッドに腰を下ろした碧唯が、自分の隣のスペースを手でトントンとする。

「は、はい」

言われるままに腰を下ろすと、彼は手にしていたミネラルウォーターのペットボトルのキャップを開けた。

「南も飲むか？」

「ちょっと欲しい」

緊張して喉がカラカラだ。

すぐにくれるのかと手を出したが、碧唯はまず自分で口をつけた。

ゴクゴクと喉を鳴らす彼を横目にしながらおとなしく順番待ちしていると、不意に視界が反転する。

「――っ⁉」

押し倒されたのだと気づいたのは、ほどよくスプリングの利いたベッドマットを背中に感じたときだった。

「碧――」

びっくりして呼ぼうとした名前が彼のキスでかき消される。薄く開いたままだった唇の隙間から水が流し込まれてきた。

「んんっ……」

彼の体温が体の奥深くに流れ込んだように感じさせる生あたたかさがみだりがわしい。飲み込むのが間に合わず、わずかに口の端から溢れた水がうなじを伝う。

碧唯はそれを舌ですくい上げ、至近距離で笑みを浮かべた。

エロティシズムに色塗られた眼差しから目を逸らせない。興奮を煽（あお）るように、碧唯は南の唇をペロッと舐（な）めた。

「りんご飴を食べなくても、南の唇は甘いな」

「そ、そうかな」

おどけて返そうとしたが、うまい言葉が見つからない。

このあとの展開が見えているから、鼓動を制御するのに精いっぱいなのだ。しかし、それすらコントロールできていない。

南の両手を拘束し、碧唯が力を込める。

「覚悟はいいか」

問いかけておきながら、その目は答えを求めてはいない。煽情的な瞳が南を見下ろした。

友情で結ばれた碧唯と、南は今夜一線を越える。

そのあとにどんな展開が待ち受けているのか、想像もできない。

願わくは、この友好的な関係が揺らぎませんように。

そう祈る心の裏側で正体不明の感情が蠢いたが、それに構わず小さく頷く。

碧唯は口の端にわずかに笑みを浮かべ、南の唇を塞いだ。

表面を擦り合わせ、柔らかさを確かめ合う。優しく、それでいて情欲に満ちたキスが徐々に南の体の体温を上げていく。

絡められる舌は時折硬くすぼめて口腔内に抜き差しされ、それがあたかも男女の交わりのシーンのようで南を欲情させる。火がついたように体の中心が熱い。

碧唯の淫らなキスに浮かされ、思考が白く霞んでいく。唇に与えられる刺激が快楽を生み、鼻から抜ける吐息まで卑猥になる。

いつの間にかパジャマは脱がされ、下着も取り払われ、碧唯の唇と指先が全身を這っていた。

大切なものを扱うような優しい愛撫に心まで溶かされてしまいそう。そこに愛があるのでは？と錯覚させるからかなわない。

（碧唯は恋愛経験が豊富だから。女性の扱いに慣れてるの。べつに愛があるわけじゃないんだから）

南を感じさせるくらいたやすいのだと自分に言い聞かせると、今度は胸がチリチリと焼けつく。

その事実から目を逸らすように快楽を貪り、こらえきれずにこぼれる嬌声が艶めく。それにかき立てられた碧唯から快感を与え続けられ、白く霞む頭ではなにも考えられなくなっていく。

ただ身を任せ、彼に委ねるだけ。

「南、かわいい……」

繰り返される言葉は、この状況を盛り上げるためのエッセンス。

碧唯の指先と唇だけで幾度となく背中を反らし、艶めかしい声は切れ切れになる。

碧唯の手中で乱れに乱れた。

いったい何度、快楽の果てを見させられただろう。

呼吸を弾ませ、ゆらゆらと霞の中を彷徨っている南の視界に、Tシャツとハーフパンツを脱ぎ去った碧唯が映り込んだ。

ほどよく隆起した胸から続くウエスト付近はうっすらと割れ、惜しげもなく引きしまった体を晒している。

(……碧唯って、どこもかしこも完璧なんだ)

その中心に反り立つ彼自身を目のあたりにし、思わず喉を鳴らした。

再び南を組み敷いた碧唯が、キスをしながら熱い高ぶりで南の中に分け入ってくる。

「――んんっ」

最初こそ圧迫感に息を詰まらせたが、十分に解されたそこは碧唯を難なく受け入れた。隙間なくぴったりと繋がった瞬間、たとえようのない陶酔に満たされる。

それは南が初めて感じたものだった。

「碧唯……」

自然と漏れた声が溢れる感情で震える。心の奥で今にもはっきりと形を現しそうになった〝もの〟に必死にふたをするが、それ以上の強い力に太刀打ちできない。ダメだと思えば思うほど、抑えが効かなくなる。

このまま離れたくない。

強くそう願うと同時に、はっきりとわかった。

（……私、碧唯が好き）

ずっと隠れていた想いが今、南にその姿をまざまざとさらけ出す。

友達のはずだった。気心の知れた、気兼ねのない友人だった。

その関係性が変わったきっかけは、紛れもなくふたりが選んだ結婚の形だ。

改めて碧唯の人となりを知り、惹かれはじめていると心のどこかで気づいていたくせに、ごまかして目を逸らして見えないふりをしていた。

でももう無理。繋がった体が、正体を暴いてしまった。

「碧唯くん」

体を揺らされながらもう一度呼んだ声には、先ほどよりも想いが強く滲む。

「だからその呼び方」

「そんなこと、言ったって……っんん」

まだ慣れないため意識がべつに向くともとの呼び方に戻ってしまう。

「ちゃんと呼ばないと止めるぞ」

「意地悪言わないで」

碧唯の動きが緩慢になっていく。本気で止めるつもりじゃないかと焦りが募る。

「じゃあ呼べ」

煽情的な声が南に命令を下した。

「……碧唯」

「もう一度」

「碧唯……っ」

〝好き〟と言いそうになったため無理やり口を閉じる。

「南」

呼び返した碧唯の声まで、都合よく切実なものに聞こえた。

碧唯に突き上げられ、揺らされ、寝室に淫らな音と弾む吐息だけが漏れて広がる。

汗ばむ体を重ね合い、南は目眩の嵐に際限なく襲われた。

激しい雷雨が去ったあとのような静けさが寝室に立ち込める。

眠る碧唯の隣で、南は言いようのない気持ちに包まれていた。

(どうしよう、碧唯を好きになっちゃったなんて……。私、どうしたらいいの?)

彼に抱かれ、友達以上の想いに気づいた南は混乱の真っただ中にいた。

友情婚の夫婦の間に愛は必要ない。むしろ邪魔なものだ。

愛を信じられないから友情を取ったのに、これでは契約違反も同然。

（ずっと友達としてやってきたじゃない。それなのに結婚した途端に好きだって自覚するなんて……。どうして友情婚に頷いたの？）

自分を責めたところで状況は変わらないが、そうせずにはいられなかった。

誰もが好意を寄せずにはいられない碧唯と結婚して、好きにならないわけがない。

子どもの頃から彼の優しさも紳士なところも知っていたくせに。

愛なんて信じない、信じられないと思ってきたけれど、それは信じたいと思える相手に出会っていなかったからだったのだと気づく。碧唯には本当の夫婦のように愛し愛されたいと望んでしまう。

でも碧唯が求めているのは妻の存在だけ。恋愛感情は必要としていない。

彼の相手として適任だった南は、初夜で不適合者に成り下がった。

呼吸が苦しくなり、強い力で押さえ込まれたように胸が痛い。

「どうしよう……」

呟いた声は涙交じりになり、か細く震えた。

眠れずに朝を迎えたのは初めてかもしれない。

南は空がまだ薄紫色の時刻から起きて、リビングのソファでコーヒーを飲んでいた。

「にがっ」

濃いめに淹れたコーヒーは想像以上に苦く、思わず声に出るほど。普段はブラックを好むが、さすがにこのままでは飲みきれないとグラニュー糖を一本入れた。

昨夜、唐突に気づいた碧唯への想いをこれからいったいどうしたらいいのか。徐々に明けていく夜が南を焦らせる。

恋愛感情を求めない結婚をしたはずだった。ふたりの間にあるのは友情だけ。愛や恋で心を消耗するような事態にはならない関係を望んでいた。

それなのに今、南の心には友情ではない感情がはっきりと輪郭を現している。

碧唯が求めていない愛を、南は一方的に持ってしまったのだ。

それだけでも契約違反なのに、これで子どもを授かれば離婚確定だ。

——でも、もしも。

もしも碧唯にも、南と同じ感情が芽生えていれば……この結婚にも明るい未来があるのではないだろうか。

昨日までの南に対する碧唯の振る舞いに、愛を感じるときは何度もあった。

眼差しや南に触れる指先、キスの温度や言葉の端々に。

もしかしたら奇跡的に両想いの可能性もあるのではないか──。

（って、そんなわけないじゃない。碧唯は昔から誰に対しても紳士的な人でしょ。優しく見つめられたのを恋愛感情と勘違いするなんて、どれだけ自意識過剰なの）

好きになった途端、勘違いも甚だしい。

そうだったらいいのにと願う心が、碧唯の言動を脳内で勝手に自分に都合よく変換する、とんでもない事態に発展した。

「とにかく、この想いは封印しよう」

今、南にできるのはそれだけだ。

決して日の目を見ない恋心を再び胸にしまう。

ぼんやりと考え事をしているうちに外はすっかり明るくなっていた。

冷えきったコーヒーを飲み干し、気持ちを切り替えて朝食の準備に取りかかる。

昨日買い出しに行けなかったとはいえ、碧唯が先に暮らしはじめていたため多少食材はある。近所のパン屋で買ったと思しきおいしそうなクロワッサンを見つけたため、ほうれん草とチーズのオムレツにベーコンと玉ねぎのトマトスープという洋風メニューに決めた。

無心になって野菜類を刻み、一心不乱に卵をかき混ぜる。油を敷いたフライパンに卵を流し込むと、ジュッといい音がした。

さっと作れる簡単メニューが完成した頃、目覚めた碧唯がキッチンにやってきた。

「もう起きてたのか。もっとゆっくり寝ててよかったのに」

「お、おはよう」

ドキッとしながらも、笑顔で平静を装い振り返る。

想いを封印したくせに目を見られず、彼の胸元あたりに視線をとどめた。

「……眠れなかったんだな。目が赤い」

心臓が飛び跳ね、肩がビクッと弾む。

「あ、ううん、そういうわけじゃないよ。……玉ねぎ切ったからかな、たぶん」

あまり詮索はされたくない。適当にごまかして話を逸らす。

「ご飯作ったんだけど食べる？」

「もちろん」

キッチンに入ってきた碧唯が、キッチンカウンターに向かう南の横に立った。

「南」

「……ん？」

名前を呼ばれ見上げると同時に、碧唯がゆっくり腰を屈める。

キスを予感してとっさに目を閉じたが、一瞬の間を置いて彼の唇が触れたのは額だった。

どうして私と結婚したんですか？

友情とは、これほど厄介なものだったのか。

碧唯が深く吐き出した息が、陽光射し込む昼時のカフェのざわめきにかき消されていく。

南との生活がスタートした二日後、午前の仕事を終え、碧唯は外務省の庁舎からほど近いカフェを訪れていた。

「やっぱりここでしたか。前、座ってもいいですか？」

顔を上げると、そこに小西健太郎が人のいい笑みを浮かべて立っていた。

碧唯はどうぞと手で促し、食べ終えた中華風ボンゴレの皿をテーブルの端に寄せる。

イタリアでの生活が長かったせいか、無性にパスタが恋しくなる。定番のボンゴレをゴマ油とオイスターソースで中華風の味つけにしたそれは、帰国して以来、碧唯のお気に入りの一品だ。

案内してきた店のスタッフが小西の前に水を置き、注文を取ってから空の皿を下げていった。

小西は外務省の欧州局政策課で一緒に働く後輩であり、高校時代の部活の後輩でもある。髪のサイドを整髪料で固め、リムレスの眼鏡をかけた、いかにも真面目な風貌をしているが、ノリがよく明るい男である。

「幸せ絶頂の新婚がため息なんておかしいですね」

「……聞いてたのか」

「あんなに大きければ聞こえますよ。店内じゅうに響いたんじゃないですか？」

「そんなわけあるか」

屈託のない笑みを浮かべ、小西が続ける。

「で、どうしたんですか？　南と──いや、奥さんと喧嘩でもしました？」

小西は南と同級生で友人でもあるが、さすがに先輩の妻を呼び捨てにできないと思ったのだろう、律義に言いなおして尋ねた。

「いや」

喧嘩はしていない。むしろ喧嘩のほうがどれほどよかったか。

「でもうまくいってないって顔ですね。話なら聞きますよ。なんせ俺はふたりを長年見守ってきた人間ですから」

小西は口角をニッと上げて笑った。

彼の言葉は事実である。あえて違う点を言えば、〝見守る〟よりは〝見張る〟が正しい。――碧唯の命を受けて。

気の置けない幼馴染であり後輩のポジションだった南を女性として意識したのは、大学四年生の彼女に初めて恋人ができたときだった。

うれしそうに報告する南を、碧唯は心から祝福できなかったのだ。やっと紡ぎ出した声は震え、そこで初めて南への想いに気づいた。

長くそばにいるうちに自分でも気づかずに恋心が育っていたらしい。

いつも明るく、人から頼られると放っておけない性分の彼女は、ときに抜けたところのあるのが魅力的な女性だった。

思い起こせば、碧唯のそばには常に南がいた。もちろん友人としての付き合いだったため、頻繁に会うわけでも連絡を取り合うわけでもない。だが会うと誰といるより楽しく、そして癒される存在だった。

いつだったか、休日にランチをともにしたあと、駅で三歳くらいの女の子が泣いている場面に出くわしたときがあった。南はすぐにその女の子に駆け寄り、泣きじゃくる彼女を落ち着かせようとあやしはじめた。

迷子だとわかり駅員に引き渡したあとも、母親が現れるまでその子に寄り添い、歌を歌ったり昔話をしたりして気を紛らわせる彼女の優しさが、友達ながら誇らしかったのを思い出す。

生真面目で優しい女性。その南が誰かほかの男のモノになる。

そんな現実を突きつけられたときに、好きだと自覚した。

小学三年生のときに出会ってから十五年、高校で再会してから六年もの年月が経っていた。

それまで碧唯に恋人がいなかったわけではない。長続きしないのを除けば、人並みの恋愛経験を重ねてきた。

『南に好きな男ができたら相談に乗ってやるよ』

そう豪語していたくせに、電話で彼氏ができたと報告されたときに言葉を失った。

いきなり真っ暗闇の穴に突き落とされたような気分と言ったらいいのか。ようやく出てきた言葉は『本気で付き合うのか……？』と、南の気分をぶち壊すものだった。

『碧唯くん、ひどい』

そう言われて傷つく無様な自分に辟易した。

それからしばらく疎遠になった南から連絡が入ったのは半年後。男に振られたという、碧唯にとっては喜ばしい電話だった。

碧唯の執念が実ったのか、それともその男とは縁がなかったのか。ロマンジュで久しぶりに飲もうと落ち合った。

『それほど落ち込んでないんだよ？』

そう言って笑うが、強がりにも見えた。

『俺にすれば？』

思いきった告白まがいの言葉は南に一蹴される。

『友達とは付き合えません』

その言葉は、どんな刃よりも鋭く碧唯の心を刺した。

笑顔で排除するとは、なかなか残酷だ。

しかし、無様に振られるわけにはいかない。

『……冗談だ。真に受けるな』

そう茶化してごまかす以外になく、モスコミュールのグラスを空にして笑い返した。

自分の滑稽さが身に染みて、柄にもなく心がヒリヒリした。

落ち込んでいないと言っていたはずの南はいつになく酒が進み、いよいよカウンターに突っ伏す。そんな彼女をタクシーに乗せ、自分のマンションに連れ帰った。

ベッドに下ろし、くたりと横になる上気した南の顔を見つめる。

いっそ酔いに任せて抱いてしまおうか。既成事実を作れば友達だと言っていられなくなる。南を手っ取り早く確実に手に入れる方法だ。

そんな衝動に駆られたが、わずかに理性が勝り踏みとどまる。

碧唯は一カ月後に希望していたイタリアへの赴任が決まっており、タイミングも悪かった。

願いが通じて南をモノにしたとして、春から社会人になる彼女をイタリアへは連れていけない。遠距離恋愛を課すのも酷だ。——そもそも南にとって碧唯は友達以外のなにものでもなく、それは非現実的な杞憂であった。

それでも触れずにはいられなくなり、艶やかな唇に自分のそれをそっと重ねた。

南に一刀両断され、もはや友達以上の関係は望めないだろう。

そう諦めるいっぽうで、イタリア赴任が解かれた暁には南を自分のモノにすると無邪気に誓った。

とはいえ日本を離れている間に南に恋人ができる可能性だってある。

絶対に誰のモノにもならないでくれ。

祈りにも似た想いで、後輩の小西に南の近況を逐一（ちくいち）報告してもらう手はずを整えた。

男の影が見えたら、すぐに連絡が欲しいと。

そうして六年の月日が流れていく。

幸いだったのは、恋に明け暮れる時間がないほど南が仕事に没頭したことだった。彼女をそんな仕事に巡り合わせてくれた神に、碧唯は心から感謝した。

そしてチャンスは突然訪れた。イタリアから一時帰国した際に会ったロマンジュで、南が『子どもが欲しいな』と呟いたのだ。

折しも碧唯が外務本省へ戻るのが決定したタイミングだった。

南がどういう考えでそんな願望を口にしたのかは知らないが、大事なのはそれを達成するために必要不可欠な相手になること。この好機を逃すわけにはいかない。

しかしそこで長年積もり積もって醸成された気持ちを打ち明ければ、その重さゆえに南は碧唯を遠ざけるだろう。

そのとき、一瞬のひらめきが碧唯に舞い降りる。

社会的信用と叔父からの縁談攻撃を回避するために、あくまでも友達のまま結婚しようと提案した。そうすれば南が望む子どもを作れるし、お互いにとっていい解決法だと。結婚後にゆっくり時間をかけて南を自分に振り向かせればいい。

我ながら無理のある〝プロポーズ〟だったが、南の説得に成功した。

そうと決まれば、外堀を埋めるのが得策だ。一時帰国しているうちに南の母親に挨拶を済ませ、結婚に向けて早々に動きだした。

イタリアに誘い、友達から恋人にシフトチェンジを図っていく時間も作った。

焦らず、じっくりと。逸る気持ちをコントロールするために、碧唯がどれほどの試練を乗り越えたか南はきっと知らない。

およそ一カ月に及ぶ遠距離恋愛を経て、ようやく日本に帰還を果たし、碧唯の両親にも結婚の了承を得て入籍。新居でふたりの生活をスタートさせた。

そこまでは完璧だった。筋書き通りと言っても過言ではない。順調すぎて怖いほどだった。

エンゲージリングとエターナルリングを渡し、幸せいっぱいの南の顔を見られた。

神社の縁日で昔話に花を咲かせ、楽しい時間を共有した。

どこからどうみても新婚夫婦そのもの。月明かりの下、交わした甘いキスで南の気持ちに変化が生じているのを確信した。

友情が愛情に変わるとき。今夜がきっとそうだと胸を高鳴らせた。

そうして南をようやく腕に抱き、ひとつになった歓喜に打ち震えながら眠りにつこうとした碧唯は、一気に地獄に突き落とされた。

南が人知れずひっそりと涙を流していたのだ。

子ども欲しさに碧唯に抱かれたものの、気持ちが追いつかず、結婚した後悔が涙になったのか。それとも泣きたくなるほど、じつは碧唯が嫌いなのか。

迷う隙も与えないうちに結婚に持ち込んだのはいいが、南の本心を思いやる気持ちが欠けていたのは否めない。自分優先に物事を運んだ事実を南の涙によって気づかされた。

(俺はなんてことをしたんだ……)

南の願いに付け込んで自分の願望を押しつけ、その結果、一番守りたい人を傷つけるとは。

これまででもっとも深いため息が碧唯から漏れる。

「またため息！　っていうか、色気振りまくのやめてもらえます？」

「そんなもの振りまいてない」

「これだから自覚のない男は……」

今度は小西が頭を振りながら深く息を吐き出す。

「ほんとになにがあったんですか？　南……じゃなくて、奥さんと結婚できて幸せいっぱいのはずじゃなかったんですか？」

小西に指摘され、苦笑いで返す。

「心配するな、幸せだ」

そう、幸せなのだ。

約七年もの長い執着の末に南と結婚できたのだから。重い恋心を成就させ、ようやく結ばれたのだから。

焦るな、まだ巻き返せる。ここまで持ってきたのだ、これからだ。

碧唯は、南の涙でどん底に落ちた気持ちを無理やり奮い立たせた。

その日、二時間ほど残業して仕事を終えた碧唯は久しぶりにロマンジュを訪れた。

残業のため夕食は適当に済ませると前もってメッセージを送り、彼女からは了承を示すスタンプが届いている。

「今夜はおひとりですか？」

マスターの宮沢が碧唯の背後に視線を泳がせる。南も一緒だと思ったか。

「それともお待ち合わせですか？」

「いえ、ひとりです」

宮沢は頷くだけにとどめ、空いているカウンター席を手で指し示した。

「いつものでよろしいですか？」

「ええ……あ、いえ、少し強めのものを」

「では、ギムレットはいかがですか？」

「それでお願いします」

宮沢は微笑みで返し、華麗な手つきでシェイカーを振りはじめた。

＊　＊　＊

碧唯と新生活をスタートした途端、どういうわけか南はこれまで以上に仕事が増えている。まるでタイミングを見計らったかのように。

仕事が結婚にジェラシーを感じているのではないかと勘繰り、腹いせにパソコンのキーボードを強めにタイピングしたら、誤字脱字のオンパレードで逆襲された。

デスクで頭を抱えていたら、真帆に「南さん、頭痛ですか？」と心配され鎮痛剤を手渡された。

マーケティングの仕事に非はなく、もちろん逆襲するような感情がパソコンにあるはずもなく、南は淡々とこなしていく以外にない。

それはよしとして、南は今、重大な懸念を抱えている。

碧唯と初夜を迎えてから一カ月が過ぎていた。

南たちはあの夜以降、体を重ねていない。子づくり目的で結婚したのに夫婦の営みがないのだ。彼だってそれを了承してくれたのに、あれから一度も。

もしかしたら南とのセックスに幻滅したのかもしれない。思っていたのとは違うと、結婚を後悔しているのではないか。

彼を好きだと認識した途端、失恋の影がチラつくなんて、自分はどれだけ愛情とは縁がないのだろう。

南と同じく碧唯も、拠点を日本に移したばかりでハードワークらしく、毎晩残業続きで帰りも遅い。この一カ月あまり、夕食を共にしたのは週末くらいで、お盆休みには在イタリア日本大使館から業務で呼ばれたため別々に過ごした。

とはいえ碧唯とは朝食は毎朝一緒で、コミュニケーションも普通にとっている。

スキンシップはどうかというと、キスならしている。――キスまでなら。

それも軽く触れ合うだけの挨拶程度のものである。

先週末も、寝室で彼を待っていたら一向に現れないため、書斎をそっと覗くと気難しい顔をしてデスクに向かっていた。南に気づいた彼に手招きで『おいで』と呼ばれたが、唇に軽くキスをして『おやすみ』と書斎を追い出された。

新婚夫婦として、これはどうなのだろう。それも子どもを作る目的で結婚したふたりなのに。

碧唯の気持ちが南に向いていないのはわかっている。もともと彼は、友情婚推しだ。しかし身勝手なもので、最初はそれがいいと納得ずくで結婚したのに、いざ気持ちに変化が訪れると不都合を感じる。碧唯の心が欲しくなる。

なんてわがままなのだろう。

封印したはずの想いはことあるごとに外に漏れて、南を翻弄していた。

嫉妬や疑念にまみれず、穏やかな結婚生活が送りたいと言っていたのは誰だったのか。つくづくエゴイスティックだ。

もしかしたら碧唯も自分を好きなのでは……？と感じた自分の呑気さを呪いたい。

今夜も碧唯から残業で遅くなるとのメッセージが届いた。

「はぁ……」

いつになく深いため息が漏れて自分で驚いた。

「相当つらいんじゃないですか？」

隣から真帆が心配そうに見つめてきたため、無理に口角をつり上げて「大丈夫よ」と微笑み返す。演技下手なのか頬が引きつった。

今夜もなの？と返信したいのをぐっとこらえ、【あまり無理しないでね】と返す。すぐに【ありがとう】とリプライがきた。

順調に仕事を終えた南は、千賀子を誘って会社からほど近いカフェ『夕凪』にやってきた。

看板メニューの焼きチーズナポリタンを揃って注文し、先に出されたアイスコーヒーで喉を潤す。

「小西くんも久しぶりに誘えばよかったね」

「そうだね。でも碧唯と同じく忙しいかも」

たしか今は同じ部署にいると聞いている。碧唯がハードワークなら小西もきっとそうに違いない。

「最近彼からの連絡がピタッとやんでるのは、南が結婚しちゃったからかしらね」

「なにそれ」

「だって、それまではなにかにつけて『南はどうしてる？』って探りを入れてきてたのに」

千賀子が両肩を上げておどけた表情で笑う。

それは単に友達の近況が気になっただけだ。彼から好意を感じたことは一度もない。

「それで結婚生活はどう？　順調に妊活してるの？」

「あぁ、う、うん……」

千賀子に尋ねられて口ごもる。グラスをテーブルに置き、不自然に目を泳がせた。

「どうしたの？　喧嘩でもした？」

「してないよ」

「それじゃなに？」

「……してないの」

同じ言葉を使って質問に答える。

要領を得なかったようで、目をまたたかせる千賀子に単刀直入に言った。

「夫婦生活がない」

「子どもが目的で結婚したのに？」

的を射た返しが南の胸を一直線に突く。さすがは弓道の名手である。

「……返す言葉もありません」

夫婦生活があったのは初夜のときだけで、それ以降はすれ違っていると正直に打ち明けた。

好きでもない女は抱けないと、初夜のときに痛感したのかもしれない。

男性は恋愛感情がなくても平気でできるとは聞くが、全員がそうとも限らないだろう。碧唯は真面目な性質だからなおさらだ。酔いつぶれて彼の部屋に泊まったときになにも起こらなかったのがなによりの証拠である。

「暗い顔をしてるのは、早く子どもが欲しいのに作れないから？　それともべつの理由？」

千賀子はテーブルに身を乗り出し、ぐいと顔を近づけてきた。

最後のフレーズのほうが強調して聞こえたのは、南に身に覚えがあるせいか、それとも千賀子が確信しているせいか。

先ほど以上に目が泳ぐ。お客で混み合う夕凪の店内をゆらゆらと彷徨い、結局行き場がなく千賀子と視線を合わせた。

「……後者」

「もしかして瀬那さんを好きになった？」

あまりの鋭さに目が真ん丸になる。

暗い顔をしている理由なんてほかにいくらでもあるだろうに、ドンピシャであててくるあたりは、やっぱり弓道の達人だ。

「……千賀子、さっきからすごい」

「あの瀬那さんだよ？　一度とはいえ体まで重ねて、そうならないほうがおかしい」

すぐに南の気持ちに賛同してくれる千賀子がありがたい。

自分ではずっと〝ダメ〟と否定してきたが、〝好きになってもいいんだよ〟と千賀子に言われ、少なからず心が軽くなる。

「愛に囚われず友達のままで穏やかな結婚生活を送れると思ったんだけどな……」

南の思惑とは真逆の方向にどんどん流されていく。それこそ見当違いだ。

こんなふうになるなんて結婚する前は想像もしていなかった。

「思う通りにいかないのが人生ですから」

「そうみたいね」

「素直に告白したら？」

千賀子はさも簡単にさらっと提案した。

「無理よ」

「どうして？」

「好きになったらこの結婚は成り立たないから。告白したら即アウトじゃない」

友情婚とはそうではないと、碧唯に離婚を言い渡される。それこそ子どもができる前に。

「ふーん」

千賀子がニヤニヤしながら南を見る。

「……なに？」

「瀬那さんが大好きなんだね」

「か、からかわないで」

〝好き〟に〝大〟までつけられて狼狽える。アイスコーヒーに口をつけようとしたら、ストローが頬に刺さった。無様すぎて笑えない。

「そもそも南を好きじゃなきゃ結婚しようなんて言わないでしょ」

「友達なら気楽だから」

彼が南を選んだ理由はそれだけだ。モテすぎるがゆえに愛も恋も面倒になったのだろう。

だから好きだと言えば、即座にお役御免になる。

簡単に想像できる未来が目の前にチラついて、南の心をいたぶる。

「はぁ……。仕事はバリバリやるくせに恋愛偏差値はひどいね」

「そんなはっきり言わなくても」

決して高くない自覚はあるが、せめて常人レベルでありたい。

「とにかく私は告白したほうがいいと思う。モヤモヤして悩んでいるより、ずっと健全よ」

千賀子はきっぱりと言い、運ばれてきた熱々の焼きチーズナポリタンにフォークを入れた。

＊＊＊

日本の総理大臣と欧州理事会議長との会談を明日に控え、外務省欧州局ではその準備に追われていた。

欧州理事会議長は明日、日本に到着予定である。

「瀬那さん、タイムスケジュールと総理の原稿の最終チェックをお願いしてもいいですか？」

小西がキャスター付きの椅子を碧唯のそばまで滑らせる。赤を入れたスケジュールと原稿を碧唯に差し出した。

「了解」

すぐに受け取り、自分の作業を一時中断する。

米国、中国に次ぐ経済規模のEUは日本の輸入相手の第二位、輸出相手では第三位と経済面において日本の重要なパートナーである。日本とEUの経済関係は数年前に発効しEPA——地域間の貿易や投資を促進するための条約である経済連携協定を基盤として一層深まっている。

今後もその協定の着実な実施と日・EU間の連携を強化することにより、日本経済のさらなる発展に繋げるのが、碧唯の目下の役割である。

イタリアにいたときには二国間だけの関係性に焦点をあてていたが、欧州局ではヨーロッパ全土が相手。気を抜けない。

碧唯には四つ歳の離れた兄、史哉がいる。

世界的にも有名なホテルチェーンの代表を務める父親のもとに生を受けた碧唯は、物心ついたときからホテルの次期社長は史哉が継ぐものだと考えていた。

幼い頃から兄弟仲はよく、史哉と争ってその座を勝ち取ろうとは思わなかった。

しかし、その世界にいる以上、自分はトップにはなれない。ならば違う世界で自分の価値を見出すのが得策だ。

どうせなら世界を相手にした仕事をしたい。会社ではなく日本の代表として、世界の要人と渡り合うような仕事を。

壮大な夢を叶えて、碧唯の今がある。

小西に託された資料のチェックを終え、彼に戻す。

「何カ所か赤を入れたから、その修正を終えて校了としよう」

「わかりました」

小西の肩を叩いて激励し、途中になっていた作業に戻る。

そうして一時間ほど経った頃、碧唯は仕事を終えて庁舎を出た。

午後八時半。腕時計で時間を確かめたそのとき、背後から声をかけられて振り返る。

「瀬那くん、待って」

イタリアの大使館にいたときに一緒に働いていた咲穂だ。

彼女も二週間前に外務本省に戻ってきたばかり。咲穂の所属は経済局である。

「一緒に帰ろ」

咲穂は庁舎から駆け寄り、碧唯の腕に絡みついた。

「離せ」

その手を引きはがそうとするが、彼女もなかなか手強い。

「冷たいこと言わないの」

「ここは日本だ。その距離感の近さは改めたほうがいい」

フランス育ちのせいか咲穂はスキンシップが激しく、パーソナルスペースを平気で侵してくる。本人に悪気も他意もないのはわかっているが、生粋の日本人である碧唯には少々受け入れがたい部分だ。

「友達なんだもの、いいじゃない」

「友達だろうが、彼氏が見たら気を悪くするぞ」

咲穂には交際歴二年の恋人がいる。近々結婚も控えているそうだ。

「平気よ、彼は寛容だから」

手をひらひらと振って満面の笑みを碧唯に向ける。

「で、その眼鏡は？」

普段コンタクトレンズの咲穂は、珍しくビン底眼鏡をかけていた。ひどい近眼らしく、どちらかいっぽうは手放せないという。

「コンタクトがちょっと合わなくて。今日は外してるの。その後、南さんとの生活はどう？　楽しくやってる？」

「まあね」

「毎日遅くまで仕事だから、南さん、寂しがってるんじゃない？」

それはどうだろうか。せいせいしているかもしれない。

あまり深く詮索されるのは、今の碧唯にはつらいところである。

初夜で南のセンセーショナルな涙を見て以降、碧唯は南と一定の距離を取っていた。

挨拶程度のキスはするし、ごく普通に話もする。しかし彼女を抱いてはいない。

仕事が忙しいのは事実だが、毎晩のようにロマンジュでひとり時間を潰し、夜は極力一緒にいないようにしてきた。

彼女の涙を二度と見たくないからだ。

南が寝入ってからベッドに入るようにする以外、彼女に触れずに眠れる気がしない。

結婚前にあった友達としてのアドバンテージが、結婚後に忌々しいものに変化するとは。いっそ友達でなければよかったのにと悔やむ、不甲斐ない男に成り下がっている。じつに由々しき事態だ。

南の気持ちを友情から愛情に変化させるなどという芸当が、いったい自分にできるのだろうか。

そもそも恋に進展する可能性があれば、最初からふたりの仲はそうなっていただろう。何年も友達でい続けられたのは、彼女のほうに恋愛の種がないからだ。

(最初からないものを育てられるのか?)

抱かれたくなかったと涙した南の心を、一身に自分のほうに向けるのは、日本とEUの経済協定を健全に維持するよりずっと難しく思える。

「じゃ、俺はタクシーを捕まえるから」

今夜もロマンジュで時間を潰して帰ろう。

「それなら私も乗せてって」

「自分で捕まえろ」

「そんな冷たくしないで」

結局彼女の押しに負け、ふたり揃ってタクシーに乗り込んだ。

＊　＊　＊

夕凪で夕食を食べ、千賀子と解散した南は駅のホームに立ち、ぼんやりと考え込んでいた。

滑り込んできた電車が巻き起こした湿った風が、髪をかき乱していく。停止した電車のドアが開き、行き先を告げるアナウンスが響く中、電車に乗り込んだが――。

（やっぱり行こう）

発車のベルが鳴ったそのとき、閉まるドアをすり抜けてホームに戻る。

「駆け込み降車は危険ですからおやめください」

明らかに南を注意するアナウンスが響いた。

誰に謝ったらいいのかわからず、周りを見渡して方々に頭を下げる。南は反対側のホームに入ってきた電車に乗り換えた。

千賀子に言われた言葉が、ずっと頭の中を渦巻いていたのだ。

『素直に告白したら?』

言われたときにはとんでもないと首を横に振ったが、そうしなければふたりの関係は停滞したまま。前にも後ろにも進めない。

もしかしたら、碧唯も気持ちの変化が生じている可能性だってある。それは本当にわずかな公算ではあるけれど。

ともかく、にっちもさっちもいかない状態なら、動かす努力が必要だ。少なくとも仕事においては、これまでそうしてきた。

午後八時。この時間なら、たぶん彼はまだ外務省庁舎にいるだろう。

せっかく奮い立たせた心を、マンションで彼の帰宅までとどまらせていたくない。その間に気持ちが変わる可能性がある。冷静になるならそのほうがいいのかもしれないが、前に踏み出した今を大事にしたかった。

地下鉄の改札を抜け、地上に出る。むわっとする空気に包まれたそのとき、目の前の庁舎から碧唯が出てきた。——女性と親しげに。

碧唯と腕を組んで歩く女性は、ローマで彼の同僚と紹介された咲穂だった。

眼鏡をかけ、以前とは違う見た目ではあるが、美しさに変わりはない。

停車したタクシーのドアが開くと、碧唯は咲穂を先に乗せた。仲良くじゃれ合うような声は、ドアが閉まると同時に聞こえなくなる。

南は足を止め、そんなふたりを呆然と見送る以外になかった。


翌日、南は以前リサーチを担当した不動産会社に部長の沖山と訪れ、打ち合わせを終えてタクシーに乗っていた。

六時を過ぎたため直帰となり、沖山がマンションまで送り届けてくれるという。

昨夜も碧唯は帰りが遅かった。あの時間に庁舎を出れば、南とそれほど変わらない時間に着くはずなのに、碧唯が帰宅したのは南がベッドに入ってずいぶん経ってからだった。

きっと咲穂と一緒に過ごしていたのだろう。ただ食事をしただけか、それともホテルの部屋か。ローマで会ったときに彼女から感じた碧唯への好意は、南の勘違いでも一方通行でもなかったようだ。

それならどうして南と結婚したのか。彼女とは結婚できない理由がなにかあるのだろうか。

咲穂と会っていた罪悪感からか、寝入ったふりをする南の額にキスをひとつ落とし、碧唯は眠りについた。

そのキスと、親しそうにするふたりの残像が頭から離れず、南は朝まで一睡もできなかった。

今朝、顔を合わせたときには何事もなかったようにいつもと変わらなかったが、碧唯はポーカーフェイスがうまいから、心を上手に隠しているのだろう。

おかげで南の気分は朝から落ち込み、体調も優れない。

「新婚なのに浮かない顔してどうした」

沖山が隣から南の顔を覗き込む。

「暗い顔してます?」

「ああ。この世の終わりって顔してる。旦那となんかあったのか?」

「なにもないですよ。ただ、結婚ってやっぱり難しいんだなって痛感してます」

簡単にしていいものではないと、しみじみ思う。普通の結婚ならまだしも、友情婚は恋愛偏差値がずば抜けて高い人間でなければしてはいけない。

「普通、新婚って周りも目に入らないくらいバラ色なんじゃないのか？」

新婚生活といえば、まさにそうだろう。でも。

「私たち、普通じゃないので……」

思わず本音がぽろっと漏れる。

友達のような夫婦はいくらでもいる。碧唯はそう言っていたが、それはたしかな愛情を築き上げたあとに同志のようになるからではないのか。愛あってこその夫婦だ。

南たちのように結婚当初から友達なのは、夫婦とは言えない。それこそ書式上の結びつきにすぎないだろう。

タクシーがゆっくり停車する。南のマンション前に到着した。

「お疲れさまでした。送ってくださりありがとうございました」

お礼を言ってタクシーを降りると、なぜか沖山もあとに続く。

「わざわざ降りなくてもいいですよ」

上司に丁寧に見送られて恐縮するいっぽうである。

「幸せを感じられないようなら早々に別れたほうがいい」

「思いきりのいいアドバイスですね」

冗談だろうが、上司から別れを提唱されるとは思いもしない。面食らいながら笑い返す。

「お前ならほかにいくらだっているだろう。……たとえば俺とか」

「……はい？」

今度は急に真顔で自分を推薦してきた。いきなりどうしたのだろうか。

「俺ならお前にそんな顔はさせない」

「や、やだな、部長。冗談はやめてください」

「冗談で言ってない。ひたむきに仕事をする倉科を見てきて、ずっとかわいいなって思ってた」

「待ってください。突然そんな……。私は――」

〝夫を愛していますから〟と言おうとしたそのとき、南と沖山の間に背の高い人影が割り込んだ。

（――えっ、碧唯⁉）

見覚えのある後ろ姿が南の前に立ちはだかる。

「既婚者を口説くとはどういうつもりですか。この指輪が目に入りませんか？」

「あ、いや……」

碧唯は南の左手を取り、怯む沖山の前に突き出した。

いつになく冷ややかな声と非情な目に、南までたじろぐ。ローマの空港で〝ティラミス男〟から引きはがしたとき以上の凄みだ。

「ち、違うの。そんなんじゃないから」

慌てて仲裁に入るが、碧唯は引かない。

「南は俺のなんで」

睨むようにして宣言した碧唯はタクシー代を無理やり支払い、呆然とする沖山を残して「行くぞ」と南の手を引いた。

「あのっ、ちょっと待って」

強く掴まれた手は痛いほど。横顔はいつになく強張っていた。

エレベーターに並んで乗った彼の肩が上下に揺れている。

「なに口説かれてるんだよ」

部屋に到着するなり不機嫌な声で問われる。怒りを感じる口調だ。

「口説かれてなんてない」

「〝お前にそんな顔はさせない〟？　〝かわいいと思ってた〟？　ふざけるなよ」

いつも冷静沈着な碧唯に吐き捨てるように言われ、悲しい気持ちが込み上げてくる。

(どうしてそんなふうに言われなきゃならないの?)

昨夜の光景がまざまざと脳裏に蘇(よみがえ)った。

「碧唯だって美人な同僚と仲良くしてるじゃない」

「なんの話だ」

「昨日、咲穂さんと楽しそうに外務省から出てくるのを見たの」

碧唯の眉がピクリと動く。

「毎晩帰りが遅いのは、彼女と一緒にいるからでしょう?」

「仕事だ」

腕を組んで歩いていた碧唯を思い出し、胸が捻(ひね)り潰されたように痛い。

碧唯は、南が眠れずに悶々(もんもん)としていたとは想像もしないだろう。

「腕を絡めて歩くのが仕事なの?」

そんな嫌みが言いたいんじゃない。もっと建設的な話をしたいのに、暴れだした心が勝手に唇を操る。

「今夜は帰ってくるかなって毎晩ここで待ってる私のことなんて、頭にもないでしょ」

売り言葉に買い言葉。したくもない言い合いになる。

「私は碧唯が――」

勢いで〝好きなのに〟と言いかけて止める。そんな言葉をぶつけたら、ふたりは本当におしまいだ。

そのトリガーは引きたくない。懸命に喉の奥にのみ込んだ。

今夜はこれ以上、碧唯のそばにいられない。

戦慄く唇を噛みしめ、声を絞り出す。

「私、用事があるから」

こんな時間からいったいどんな用事だというつもりか、自分でもおかしな言い訳を告げて南は玄関を出た。

「みな――」

碧唯の声が閉じた扉に遮断される。

南は停まっていたエレベーターで階下に向かい、ちょうど乗客を降ろしたタクシーに乗り込んだ。

友達じゃなかったんですか？


　全身で訴えかけてきた南の姿に、碧唯は胸が痛いほどに熱くなった。

　南が言いかけたのは、もしかしたら〝好き〟だったのではないか。そうだったらいいのにという願望のせいなのかもしれないが、そんな期待が碧唯を激しく翻弄する。

　奇跡とも言える突然の展開に反応が遅れ、彼女を追いかけたがあと一歩及ばず、南を乗せたタクシーが遠くなっていく。それをなす術もなく見送りながら、碧唯は握りしめた拳で自分の腿を叩いた。

（俺はなにをやってるんだ）

　唇を噛みしめ、憤りが胸の中を黒く渦巻く。

　明らかに南を口説いていた男を前にして、思わず自分を見失ってしまった。南に落ち度はない。

　友情を武器にして結婚まで漕ぎつけておきながら、未だに南の心を手に入れられていない焦りが無様な嫉妬に繋がった。

　南の気持ちを推し量って怖気づき、好きだと言えずにいた自分が情けない。

遠くなっていくテールランプが見えなくなると、碧唯は後悔いっぱいに夜空を振り仰いだ。

＊＊＊

タクシーを飛ばし、南は実家にやってきた。

途中、碧唯から何度も着信があったが、冷静に話せる気がしなくて出られなかった。

「ただいま」

自分で鍵を開けて玄関に入ると、母の雅美がびっくりして出迎えた。

「亜矢が帰ってきたのかと思ったわ。南だったのね」

「うん、ちょっと寄ってみたの」

「仕事の帰り？　とにかく中にいらっしゃい」

雅美にリビングに誘（いざな）われ、バッグを置いてラグの上にペタンと腰を下ろす。テーブルに冷えた麦茶が出された。

「こんな時間まで仕事なんて大変ね。少し痩せたんじゃない？」

顔を覗き込みながら隣に座る。

「そうかな。体重は変わらないよ」

「そう？　まぁあまり無理はしないでね」

理由も聞かずにあたたかく迎え入れてくれた母とゆっくりお茶を飲みながら世間話をする。亜矢は友人と夕食をとってくるらしく、今夜は帰りが遅いらしい。

「で、碧唯くんとなにがあったの？」

「……え？」

「なにかなければこんな遅い時間に実家に来たりしないでしょ？」

さすが母親である。なにも聞かなくても、娘の行動の理由が読めるみたいだ。

優しい目で見つめられ、張っていた気持ちが途端に緩む。

甘えたい思いと一緒に、どことなく真剣な様子の雅美の顔を見て、笑い飛ばしてごまかすのは違うような気がした。

「お母さん、じつはね……」

ふたりの結婚の真相を正直に打ち明けた。同時に、南の心に起こっている変化も包み隠さずに。

自分の気持ちを吐き出し、彼への想いがより深まっていく。考えている以上に、南の心が碧唯を求めているのがわかった。

「南を悩ませる原因を作ったのはきっとお母さんね。お父さんとあんな結末になったから」

すべてを話し終えたあと、雅美がぽつりと呟く。

「お母さんのせいじゃない。それを理由にして私が逃げていただけだから」

両親の離婚と自分の結婚とは別問題だ。人のせいにはしたくない。

碧唯を失うかもしれないと臆病（おくびょう）になった自分の責任だから。

「でもね、南、碧唯くんはあなたを心から愛していると思うわ」

膝の上に置いていた南の手に雅美が手を重ねる。

「……どういう根拠？」

友達として長年付き合ってきたのだから嫌われてはいないと思うけれど。

「お母さんね、こう見えて人の心の動きには敏感なの。人の気持ちってどう隠しても眼差しに出ちゃうものなのよ」

夫に女性の影がチラついたのも少なからず影響しているだろう。敏感にならざるを得ない過去があったから。

「ここに挨拶に来たときの碧唯くんの南を見る目は、どこからどう見ても愛情に満ちていたわ。南が及び腰だったのが気になっていたんだけど」

最後の言葉にギクッとする。

見破っていたとは、さすが母親である。

「……バレてたの？」

「なんとなくね。なんにしても南は自信を持って自分の気持ちをしっかり碧唯くんに伝えなさい。言葉にしなきゃ、その半分も相手には伝わらないんだから」

心の中でいくら想いを育てていても、それが伝わらなきゃ話にならない。碧唯の気持ちがどうであれ、自分の想いはきちんと伝えるべきだろう。仮にも夫なのだから。

それでふたりの婚姻関係の継続が難しくなったとしても、自分の気持ちを偽ったままではいられない。

「わかった。そうするね」

「今夜はもう遅いから泊まっていくといいわ。でも碧唯くんにはきちんと連絡してね」

雅美は南を諭し、「お風呂に入ってきちゃうわね」と立ち上がった。

南が碧唯に電話しやすいように席を外してくれたのだろう。

その厚意に応えるべく、バッグからスマートフォンを取り出す。マンションを飛び出してから、碧唯の着信履歴は二十件を超えていた。

名前をタップし耳にそっとあてると、ワンコールもしないうちに彼が出た。

《南、今どこにいる？》

焦ったような声だった。

「実家にいます」

《そうか。よかった……》

安堵した声が耳に届く。着信の件数からも南を心配していたのは明白。あんな状況でマンションを飛び出せば当然だろう。

「ごめんね、碧唯」

《いや、無事ならそれでいい》

「……明日の夜、話があるから時間取ってくれる？」

電話より、顔を見て直接話したい。

《俺も話がある》

わずかに重々しく聞こえたため、嫌な予感が頭をかすめた。

まさか離婚を考えているのではないか。

とはいえ、やっぱり話したくないと拒絶はできない。ふたりが結婚に向き合うための話し合いは必要だ。

「それじゃ明日、マンションで待ってる」

明日は残業せずに定時で切り上げて帰ろう。もしかしたら最後の晩餐になるかもしれないが、どうせならごちそうを作って碧唯に食べてもらいたい。

（でも、どうか終わりに向かう話し合いになりませんように……）

そう祈りながら彼との通話を切った。

久しぶりに夢を見た気がする。

高校時代の部活の夢だった。

南は、的に向かって弓を構える碧唯を遠くで見つめていた。

まっすぐに伸びた背筋、真剣な眼差し、ピンと張った腕、どこをどう切り取っても美しい。

静粛な時間が流れる中、碧唯から弓が放たれた。

ヒュンッと音を立てて空気を切り裂き、的のど真ん中を射貫く。瞬間、体から力を抜いた碧唯が、やわらかな表情で南に笑いかけた。

高校生のとき、実際に何度かそんな場面にでくわした経験がある。

たまたま視線の先に南がいただけだったろうが、まるで自分自身が的になって射貫かれたかのように、密かにドキッとしたのを思い出した。

碧唯は、南にとって大切な友達だった。

――いや、違う。そうでなければならないと思っていた。

適度な距離感が心地よかったのはたしかだが、その根底に彼への恋心が隠されていたのを今、思い出した。

だから初めての失恋で碧唯と飲み、彼のマンションに行った夜、このままどうにかなってしまえばいいのにとアルコールに侵された頭で願っていた。

彼氏に振られた腹いせでも、やけっぱちになったわけでもない。

ほかの人と付き合い、〝この人ではない〟と気づいたから、相手にのめり込めなかった。彼氏にはつくづく失礼だと思うし、振られたのは当然の報いだ。

きちんと恋愛できないのを両親の離婚のせいにしていたのも、碧唯への想いに気づきたくなかったから。

あの夜、彼から『俺にすれば？』と言われたが、冗談だろうと相手にしなかった。いや、できなかった。本気にして傷つき、碧唯を失うのが怖かったから。

その夜、碧唯は南に指一本触れなかった。それは、碧唯に女性として見られていないと思い知らされた夜だった。

それ以降、南は友人に徹する以外になかった。恋心に気づいているような気づいていないような、自分の気持ちなのにわからないまま。

そんな想いには決着をつけなければならない。

ある種の使命のように感じながら、南は翌日、洋服やメイク道具を亜矢に借り、実家から職場に向かった。

出社早々、沖山を近くのミーティングルームに呼び出す。

「部長、昨夜は見苦しいところをお見せしてしまい……。失礼いたしました」

腰を深く折って頭を下げる。

「いや、俺のほうこそ突然変なことを口走って悪かった」

沖山はバツが悪そうに頬をポリポリとかいた。

たぶん元気のない南を励まそうとして出た言葉だったのだろう。深い意味はなかったに違いない。

「いえ、部長のおかげで自分の気持ちに向き合う覚悟ができたので」

「……覚悟？」

「はい。私、夫を愛しているんです。誰よりも大切な存在なんです。だから――」

「わかったわかった」

沖山に〝自分の想いをぶつけます〟と勢い余って宣言するところだったが、その手前で彼に止められた。

南に両方の手のひらを向け、まぁまぁと宥めるようにする。

「すみません。部長相手に……」

言う相手を間違えている。

「仲がいいのはなによりだ。とにかく幸せになれよ。俺からは以上だ」

沖山は笑みを浮かべ、手を振りつつミーティングルームを出ていった。

かすかに苦笑いを浮かべていたのは、南に新婚ののろけを聞かされそうになったせいだろう。

そうしていつものように仕事をこなしていた午後、デスクに置いていたスマートフォンが着信を知らせてヴヴヴと振動した。手帳型のカバーを開くと、小西からの電話だった。仕事中にかけてくるのは珍しい。

スマートフォンを持って、クリエイト事業本部の部屋から出る。

「もしもし、どうしたの？」

《南、ニュース見たか？》

心なしか焦った様子が電話の向こうから伝わってくる。なにか大きな事件でも起こったか。

「ニュース？　見てないよ、仕事中だから」

《それならどこかで早く見ろ！》

急きたてられて困惑する。

「そんな無茶な。テレビは休憩室まで行かないと……。なにがあったの？」

《瀬那さんが事故に巻き込まれたかもしれないんだ》

小西の声が耳に残る。

「……え？」

《だから瀬那さんが事故に！》

小西が繰り返した直後、南はその場から駆け出しエレベーターに飛び乗った。

（碧唯が事故ってどういうこと……⁉）

急いでやってきた休憩室は、まだお昼休憩を取る人たちがちらほらいる。テレビはお昼の情報番組になっていたが、小西が言うようなニュースは入っていない。

「すみません、ちょっとチャンネル替えます」

ひと言断り、リモコンを手に取った。

ボタンを押してチャンネルを切り替えていくと、速報というテロップで事故のニュースを伝える番組を見つけた。

「繰り返します。日本を訪れていた欧州理事会議長のフランチェスコ・トルン氏を乗せた車と縦走していた警護車に後続車が追突。乗っていた三十代の外務省職員が病院に運ばれました。詳しい怪我の状況は情報が入り次第お伝えします。続きまして……」

女性キャスターは次のニュースに移っていった。

(三十代の外務省職員? 碧唯なの? 嘘でしょ……)

胸の鼓動がスピードを上げていく。

テレビの前で呆然と立ち尽くしていると、手にしていたスマートフォンから南を呼ぶ声がした。気が動転して通話を切っていなかったみたいだ。

《南? 聞いてるか?》

「……小西くん、どうしよう」

《俺もたった今、省内で一報を受けたばかりで瀬那さんとはっきり決まったわけじゃないんだ。とにかく南にも連絡を入れておこうと思って。確認を急ぐからひとまず切るぞ》

小西との電話を切り、その場で放心する。

(事故ってなに。どうして……)

なにも考えられず、近くにあった椅子に崩れるように腰を下ろす。

（でもまだ碧唯だと決まったわけじゃないんだよね。ニュースでは〝三十代の外務省職員〟って言ってただけだし。そうだ、碧唯に電話！）

思い出して彼の電話番号をタップしたが、無情にも留守番電話に切り替わった。

「南さん、気分でも悪いですか？」

近くで食べていた同僚に声をかけられたが、首を横に振る以外にできない。言葉も発せないほど動揺していた。

どれくらいそうしていたのか、スマートフォンが再び振動する。

（――もしかして碧唯⁉）

祈りにも似た想いで画面を見ると、先ほど同様に小西からの着信だった。

「もしもし！」

《怪我人は神楽総合病院に運ばれたらしい》

「碧唯だったの⁉」

すがりつく勢いで質問する。

《それがまだそのへんはわからないんだ。でも、式典に駆り出された職員で三十代の男性は瀬那さんくらいで……》

「私、病院に行ってみる」

ここにボーッと座っているわけにはいかない。震える足を踏ん張り、立ち上がる。

沖山に事情を話し、早退を願い出て会社をあとにした。

（きっと大丈夫。もしも碧唯だとしても無事に決まってる）

タクシーに乗り、焦る気持ちになんとか折り合いをつける。

外務省職員が巻き込まれた事故は、ネットのニュースにも上がっていた。

総理大臣と会談するために訪れていた欧州理事会の議長を連れた車列が運転を誤ったらしい。詳細がわからないためか、最後に『運転手が急病か？』と書かれていた。

要人を乗せる車の運転手は、それこそ運転技術に長けた人物だろう。操作を誤る可能性は極めて低いため、そのような書き方になったに違いない。

碧唯は無事だと信じている反面、もしも命に係わる重篤な状態だったらどうしようと手が震える。

好きだと伝えてもいないのに、そんなのは絶対に嫌だ。

「大丈夫だから……。絶対に大丈夫」

自分に言い聞かせるように口に出して念じる。

それでも鼓動は静かになってはくれなかった。

到着した神楽総合病院の受付で救急搬送された患者の家族の可能性があると伝えると、すぐに救急病棟への道順を教えてくれた。

気をたしかに持たなければと、荒ぶる呼吸を宥める。肩を上下させて処置室の前に到着すると、黒いスーツを着た男性が数人たむろしていた。

もしかしたら外務省の人かもしれないと恐る恐る声をかける。

「すみません、外務省の方ですか？」

振り返った男性が「はい」と答える。

「瀬那と申します」

「あっ、瀬那さんの！」

周りにいたほかの男性も南のほうを向いた。

碧唯がここにいないということはつまり……。

（事故に遭ったのはやっぱり碧唯だったの？）

小西がいればよかったが、彼の姿もない。

「いつも夫がお世話になっております。ニュースを見てここへ……」

頭を下げて続ける。

「そうでしたか。ご連絡が遅くなり大変申し訳ありません」

「あの……夫が巻き込まれたんですか？」

「申し訳ありません。瀬那さんの乗った車でした」

口元を手で覆い息を吸い込む。目眩を覚えて足がふらついた。

「それで容態は」

「じつは私たちも今到着したところで、まったくわからないんです。おそらく処置中だとは思うのですが」

どうやらここで待つ以外にないようだ。

彼がいるのは処置室なのか、それとも手術室なのか。それすらわからずに、ただただ不安に駆られる。落ち着いて座っていられず、南は通路の片隅で両手を握りしめた。

（お願い、どうか無事でいて！）

目を閉じ、天に祈りを捧げる。

今の南にできるのはそれだけだった。

「瀬那碧唯さんの関係者の方、いらっしゃいますか？」

ほどなくして呼びかけられて、弾かれたように振り返る。

背が高く、容姿の整ったドクターだ。首から神楽というネームが提げられている。

「あ、あの、妻です」

彼のもとに駆け寄り、名乗りを上げる。南の後ろに外務省の人たちも首を揃えた。

「こちらへどうぞ」

彼に誘われ、処置室の中に足を踏み入れる。

この先には包帯にぐるぐる巻きにされた彼がいるかもしれない。たくさんのチューブに繋がれ、酸素マスクをつけているかもしれない。

気持ちばかりが急いて、なにもないフラットなフロアで躓きそうになった。

「容態は——」

問いかけようとした南の目に驚きの光景が飛び込む。碧唯は、処置室の細いベッドに腰をかけていた。

ジャケットこそ脱いでいるが、ワイシャツにネクタイ、スラックスも身につけた状態。病衣を着てもいない。なんなら、ちょっとそこに腰をかけているだけといった風情だ。

「……南？　どうしてここへ」

「どうしてって、ニュースで事故があったって見て！　小西くんからも連絡もらって、小西くんは俺もわからないって言うし。もう私どうしたらいいのかわからなくて」

次から次へと溢れる言葉を止められない。半ばパニックだった。

「ちょっと待て、落ち着け」

「落ち着けないよ。なに、なんで？　怪我は？　無事なの？」

ニュースはでまかせだったのか。あの感じはただ事ではない扱い方だった。

「見ての通り」

碧唯は両腕を広げて、自分の健在ぶりをアピールした。

「全身を強く打った可能性があるため脳波やＭＲＩをとりましたが、異常はありませんでした」

南たちをここへ招き入れた医師の神楽が説明する。

「車は相当なダメージを負っていたので奇跡と言えるでしょう。このままお帰りいただいて結構です」

神楽は「お大事にしてください」と言い置き、南たちから離れていった。

「瀬那さん、無事でよかったです」

「心配をかけてすまなかった。仕事も中途半端になって」

「そんなの気にしないでください。あとはどうとでもなりますから。とにかく今日はゆっくりしてください」

同僚たちが口々に激励して部屋を去っていく。

看護師が遠くで忙しなく働く中、南と碧唯だけになった。

彼の無事をようやく認識して、途端に胸がいっぱいになる。鼻の奥がツンとして、目頭がじわっと熱い。

「……死んじゃったらどうしようって思ったじゃない」

「俺を殺さないでくれ」

「だってニュースだけじゃ状況が全然わからないし、電話しても留守電になっちゃうし、どうしようって……」

生きた心地が全然しなかった。

「心配させてごめん。おいで」

両腕を広げた碧唯の胸になにも考えずに飛び込む。

「——っ、勢いが強すぎ」

心ごとぶつかったため、碧唯はバランスを崩してベッドに倒れそうになった。

「碧唯のバカ」

「バカはないだろう？」

「勝手にいなくなったりしたら承知しないんだから。まだ言ってないことがあるのに」

「南を置いて消えたりしない」

背中を抱く手に力が込められる。まるでそこに愛があるかのよう。明らかに友情とは違う。耳元で囁く声にも艶めきがあり、真意を探って心が期待に揺れる。

「好きだと伝えてもいないんだからな」

「……え？」

抱きしめられていた彼の腕の中で、ゆっくり顔を合わせた。

(今、好きって言わなかった？)

それとも事故の混乱が生じさせた聞き違いか。

処置室内のざわめきがぴたりとやみ、ふたりだけの空間にいる錯覚を覚える。

「俺は南が好きだ」

「ちょ、ちょっと待って。友達じゃ……ないの？」

思いがけない言葉をかけられ、頭の中が錯乱状態。何本もの糸がごちゃごちゃに絡み合ったみたいで、どこをどうやっても解れず、余計複雑になっていく。

「帰ろう」

「え？」

「先生の許可ももらった。仕事も今日はお役御免だし、あとは南と俺たちの家に帰るだけだ」

碧唯は引きはがした南を立たせた。

処置室にいる看護師にお礼を告げ、南の手を引いて病院を出る。列をなしていたタクシーに乗り込み、運転手に行先を告げた。

先ほどの会話の続きはお預け。碧唯は涼しげな顔をして窓の外に目を向けていた。でも、ふたりの間には以前とは明らかに違う空気を感じる。視線はべつのほうを向いているが、固く繋がれた手がそれを象徴していた。

マンションの前でタクシーを降り、碧唯に手を引かれてエレベーターに乗る。

「昨日は悪かった」

唐突に碧唯が謝罪する。

「ううん、私こそ、ごめんなさい。……私も伝えたいことがあるの」

先ほど彼がくれた言葉が南の心をより強くする。

でも、彼に好きだと言われなくても伝えようと思っていた大事な言葉だ。

エレベーターが止まり、扉が開く。

碧唯は南がなにを言おうとしているのかわかっているみたいに、微笑みを浮かべて部屋まで誘った。

玄関のドアを閉めて鍵をかけた途端、それまでの澄まし顔を一変させ、碧唯がその場で南の腰を引き寄せる。

「……友達なんて嫌なの」

「俺は、はなからそんなつもりはない」

「え？　……最初から？」

間近で見つめる瞳に南が映り込んで揺れる。

彼の気持ちは病院で聞かされたが、この結婚を決めたときからだとは知りもしない。

「気づけよ」

「そんな無茶言わないで」

碧唯の南への扱いがちょっと違うかもと思ったのですら結婚後だ。

「それなら今すぐ全部わからせてやる」

「――キャッ」

なにを思ったか、碧唯は南をその場で抱き上げた。

「ちょっと待って」

「無理。俺が何年待ってたと思ってる？　忠犬なんてもんじゃないぞ」

「何年って……？」

年単位の想いだなんて想像もしない。

南は抱き上げられた状態で足をパタパタとさせ、履いていたパンプスを脱ぎ捨てた。方々に散らばったパンプスに構わず、碧唯がそのまま寝室に直行する。大事なものを扱うようにして、南をベッドに降ろした。

シュルッと音を立ててネクタイを引き抜く。華麗な手さばきによって、それはベッドサイドにふわりと舞って落ちた。

南を組み敷いた碧唯が、強く熱く見つめる。

その視線だけで体が焼けそうだ。指を絡めた手からも熱烈な想いが伝わってくる。

「碧唯、好き」

やっと伝えられた言葉が南の胸を熱くする。

「俺のほうが南を好きだ」

「ううん、私。碧唯が大好き」

「いいや、俺だ。何年片想いしてたと思ってる。嫌ってほどわからせてやるから覚悟しろ」

熱烈な想いを聞かされ、それだけで体が熱を持っていく。

「だけど体は大丈夫？」

ムードを台無しにしたくはないが、事故に巻き込まれて病院に搬送されたあとなのにと心配になる。

「どこもなんともない。医師にお墨付きをもらえたのを南だって聞いたはずだ」

自信たっぷりに返され、いよいよ観念する。

碧唯を受け入れるために閉じた瞼に彼のキスが降ってきた。

額、鼻先、頬と気を持たせるように唇で触れたあと、ようやく唇が重なった。

心待ちにしていた想いが吐息となって漏れていく。それをのみ込むように唇を食まれ、すぐさま侵入してきた舌が歯列をなぞりつつ奥を目指した。

彼の動きに合わせて舌を絡め、口の中いっぱいに碧唯の味で満たされる。

愛なんてなくてもいいと思っていたのに、もっと彼が欲しいと心が求める。その心に従順に、素直になるだけで、こんなにも幸せな気持ちになれるのかと驚いた。

着ているものを次々に剥ぎ取られ、素肌が晒されていく。

「南の体、熱いな」

首筋に舌を這わせていた碧唯が顔を上げる。

「碧唯が触れてるから」

自然と上昇してしまうのだ。桃色吐息で答えるが、たしかにふわふわとした感じはちょっと違う気がしなくもない。

「いや、いくらなんでも熱すぎる。——ちょっと待て」

碧唯は額同士をコツンと合わせた。

「熱がある」

「え？」

そんなまさか。

自分でも額に触れるが、そこまで熱い感じはしない。

「いや、絶対にある」

「嘘でしょう？」

碧唯は体を起こし、南に薄手の布団をかけた。

「こんな状況で抱くわけにはいかない」

「えー！　生殺し～！」

刺激を与えて快感に花を咲かせておいて、中途半端なところでストップなんて拷問に近い。

しかしそう訴えた声は、たしかにか細く力がなかった。

「それは俺のセリフ。このまま寝たほうがいい」

「シャワー浴びなきゃ無理」

「熱があるだろ」

「シャワー浴びないで寝るくらいなら死んだほうがいい」

駄々っ子のように無茶を言い、バスルームへ向かった。

歩きだした途端、急に発熱を実感する。碧唯に浮かされて体が熱くなっただけではないようだ。ここ数日の寝不足と今日の事故騒動で、体がバグを起こしてしまったのかもしれない。

体を洗ってやると言う碧唯をなんとか振り切り、ふらふらになりながらシャワーを浴び終えた。髪を乾かす元気もなく、倒れ込むようにしてベッドへダイブする。

「濡れたままじゃないか」

「……乾かせない」

「世話が焼けるな」

パウダールームからドライヤーを持ってきた碧唯が、寝た状態の南の髪を乾かしはじめる。

頭も体も重いものの、髪を梳く指先が気持ちよくて、南はいつの間にか寝入った。

カーテンの隙間からこぼれる光が、部屋の中に射し込む。

八月も終わりだが、夏の太陽の威力はまだ衰えていない。

眩しい光に導かれるようにして目を開けると、南の隣に〝あるもの〟が寝ていた。

「……あれ？　なんで？」

今自分がいる場所がわからなくなる。

結婚して碧唯と暮らしていたのは夢だったのかと錯覚するくらい、頭の中が混乱した。

このマンションへは引っ越し当日に段ボール箱に詰めて持ってきた。でも、あまりにも幼稚っぽいため、しまったままだったのだ。

実家でいつも一緒に寝ていた大きなクマのぬいぐるみがそこにあったのだ。

それがなぜここに……？

南に身に覚えがなければ、碧唯以外には考えられないのだが。

目をパチパチとまたたかせつつ手を伸ばし、胸にぎゅっと抱きしめる。

「あぁ、やっぱり落ち着く……」

やわらかな毛並みに顔を押しつけていたが、不意に腕の中からするりと抜けていく。

「抱きつく相手を間違えてる」

碧唯がクマを取り上げたのだ。

南の手が届かないベッドの隅にそれを座らせると、碧唯はそばに腰を下ろした。

「おはよ。体調はどうだ？」

伸びてきた彼の手が額に触れる。

「熱はさほど高くはなさそうだな」

「うん、よく寝たからかな、頭もすっきり。昨日はその……ごめんね」

いざという場面になって寸止めせざるを得ないなんて、あまりにもタイミングが悪すぎる。

「あの状態でお預けされるとは思ってもみなかった」

苦笑いをしながら髪をくしゃっと撫でられた。

「その分、体調が整ったら責任は取ってもらうつもりだ。今度こそ覚悟しておけよ」

「……はい」

覚悟が必要なほどなのかとあらぬシーンを想像して、熱がぶり返しそうになる。耳がぶわっと熱くなった。

「ところで、あれ、どうして？」

遠くにやられたクマのぬいぐるみを指差す。

「あぁ、いつまでもリビングの隅に置かれていたから片付けようと思って。中を覗いたらアイツが出てきた」

「……ぬいぐるみなんて引いた？」

「若干」

ためらいもせず即答する。

「そこは、そんなことないって言ってほしかった」

唇を噛みしめて抗議する。

いい歳してぬいぐるみなんて引きたくなる気持ちもわかるけれど。

「ま、南らしくていいんじゃないか？」

「幼稚？」

「かわいいって意味」

「か、かわいいって！　不意打ちで褒めないで」

碧唯から言われ慣れていない言葉は心臓に悪い。今もどくんと鼓動が大きな音を立てた。

「今から褒めますよーって前置きがあるほうがおかしいだろ」

「それはそうだけど、今まで碧唯はあまりそう言ってくれないから」

これまで片手で数えられるくらいじゃないだろうか。

なにしろクールな彼だから、なかなか〝デレ〟ない。

「ところで、お腹空いてないか？　夕べも食べずに寝たし」

「あ、うん、言われてみたら、ちょっと減ってるかも」

「お粥(かゆ)作ったけど」

「ほんとに？　うれしい」

碧唯の手料理を食べるのは久しぶりだ。

「ちょっと待ってろ」

そう言い置いて出ていった碧唯が、トレーに湯気が立ち上る器をのせてすぐに戻る。起き上がった南にトレーごと手渡そうとして、なぜかそのまま彼もベッドに腰を下ろす。自分の膝の上にそれを置き、レンゲで器からお粥をすくった。

「……食べさせてくれるの？」

「ああ。一応病人だからな」

「でもなんか恥ずかしい」

高熱でフラフラでもないし、病人とは言い難い状態である。碧唯の手を煩わせるのも申し訳ない。

「嫌ならいい」

「——あっ、待って」

レンゲを器に戻しかけた碧唯を制する。そんなにあっさり引き下がるとは思わなかった。もっと新婚らしく、甘い押し問答を期待したのだ。

「やっぱり食べさせてほしい」

「どっちなんだよ」

「せっかくだから甘えたいなって」

ニコニコ顔で手を布団の上で揃えた。食べさせてもらう体勢は万全である。

碧唯はもう一度お粥をレンゲですくい、何度かフーッと息を吹きかけてから南にそっと差し出した。

口を開けて、お粥を迎え入れる。

「……おいしい」

ショウガとゴマ油の香りがほのかにする。

「なんのお粥？」

「クッパ風お粥」

「クッパ？　韓国料理の？　言われてみれば、そんな味がする」

てっきり普通の味付けだと思っていたため驚いた。

「やっぱり料理上手ね。すごくおいしい」

「それはよかった。ほら、口開けて」

催促されて口を開く。次々とレンゲで運ばれてくるお粥を食べ続け、器は空っぽ。完食である。

「なんか、こういうの？」

「こういうのいいね」

碧唯はトレーをベッドサイドテーブルに置き、体温計を南に差し出した。

「碧唯にお世話してもらえて、とっても幸せ。ずっと具合が悪くてもいいかも」

脇に挟んだ体温計がすぐにピピッと電子音で検温完了を知らせる。三十七度二分と表示された体温計を手渡しつつニコニコすると、碧唯に額をピンと弾かれた。

「ふざけるな」

「ふざけてないったら。一緒に暮らしはじめてもすれ違いが多かったでしょ？　だから久しぶりに碧唯とゆっくり顔を合わせられて、すごくうれしい。私、碧唯と結婚してよかったな」

「……俺に今すぐ襲われたいのか」

くるりと反転した視界に天井が映り込む。いきなりベッドに組み伏せられ、それまでの優しい眼差しが一変、碧唯に獲物を狙うような目で見つめられた。

「……いいよ。私ならもう大丈夫だから」

「そうはいくか。ただし治ったら、もうやめてって言われてもやめてやらないからな」

執着にまみれた宣言に頷くと、碧唯は自分の体を起こして南に布団をかけた。

「食欲があれば大丈夫だろう。今日は土曜日だし、一日寝ているといい」

「碧唯は？」

「俺はちょっと庁舎に顔を出してくる。そんなに遅くはならないと思うから」

昨日の一件の報告もあるのだろう。ヨーロッパの要人を招いた際に起きた事故でもあり、後処理が残されているはずだ。

碧唯はベッドの隅に座っていたクマのぬいぐるみを引き寄せ、南の隣に寝かせた。

「ありがと。碧唯の代わりに抱きしめて寝てる」

「そいつじゃ俺の代わりは務まらないだろうけど」

意味深な言葉を囁き、南の唇にキスを落とした。

「いってくる。おとなしく寝てろよ」

「はい。いってらっしゃい。気をつけてね」

布団から手を出してひらひら振り、彼を見送る。

隣に横になったクマを抱きしめて目を瞑ると、幸せの余韻が次第に南を眠りの淵へ連れていった。

＊＊＊

土曜日にもかかわらず、庁舎には多くの職員が登庁していた。

昨日、首相と欧州理事会議長との会談は無事に執り行われたが、その直後に生じた事故によるものが大きい。特に欧州局にはほぼ全員が顔を揃えていた。

「瀬那さん、大丈夫なんですか？」

フロアに入るなり同僚たちが声をかけながら集まってくる。

「ああ、心配をかけてすまなかった。この通り、体はなんともない」

「よかった」

「ところで、昨日事故を起こした運転手の容態は？」

「一命はとりとめたそうです」

同僚によると、運転中に意識を消失し、碧唯の乗る先行車両に追突。運転席と助手席は無事だったが、後部座席に乗っていた碧唯だけ体に衝撃を受けてしまった。

意識消失は心臓疾患によるものだったという。それほどスピードは出ていなかったように記憶しているが、意識を失いアクセルを踏み込んだようだ。

同乗者もむち打ちを負ったらしい。

首相や欧州理事会の議長を乗せた車の事故でなかったのは不幸中の幸いだが、今後、健康面も含めたさらなる厳しいチェックが必要だろう。

「局長も心配されていましたから、早く顔を見せてあげてください」

彼に促され、局長のもとへ向かった。

＊　＊　＊

翌日の日曜日、すっかり体調を回復した南は碧唯とふたりでブライダルサロン・マリアンジュへやってきた。

ふたりの都合が合わず、前回の打ち合わせからなんと一カ月半も経過していた。

予定している十一月末の挙式まで残り三カ月弱、急ピッチで準備を進めていかなければならない。会場の装花や装飾、演出などはもちろん、招待客への招待状の手配もある。課題は山積みだ。

でもあれほど興味のなかった結婚式のイメージが少しずつ固まっていくのにともない、不思議と南の気持ちも盛り上がっていく。碧唯と心を通わせ合ったのがなにより大きいだろう。

その日は最後にヘアメイクの打ち合わせをしてサロンをあとにした。外はまだ明るいものの、時計の針は午後六時を回っている。打ち合わせは一時からスタートしたから、じつに五時間の長丁場だった。

それなのに体は疲れ知らず、心は晴れやかだ。

「どこかで食事をしていこうか」

駐車しているコインパーキングに手を繋いで向かいながら碧唯が誘う。

「それならロマンジュに行きたい」

「ロマンジュ？」

「うん」

今のふたりがはじまったあの場所で、ふたりお決まりのカクテルで乾杯したい。

「あ、でも車だからお酒は無理ね」

「あとで回収すれば問題ない」

「ほんと？　じゃあ決まり」

ふたりで笑い合い、パーキングまであともう少しというそのとき。

「瀬那くん？」

女性の声が少し離れた場所からかけられた。

振り返った先にいたのは、碧唯の同期である咲穂だった。体のラインに沿ったオフショルダーのワンピースが彼女の美しさを惜しげもなく振りまく。

幸せいっぱいだった南の気持ちにうっすらと影が差した。

今こんなところで会いたくなかったと思うのは、さすがに彼女に失礼だろう。

「武井、こんなところでどうしたんだ」

碧唯が軽く手を上げながら彼女に応える。

「これから待ち合わせなの」

駆け寄ってきた咲穂が南に気づいた。

「あらっ、南さん」

「こ、こんばんは」

思わず身構えて頭を下げたそのとき、彼女の腕が南をふわりと包み込んだ。甘くエレガントな香りが鼻をかすめる。

「また会えてうれしい」

突然の抱擁に戸惑って呆然としていると、碧唯が「だから距離感」と咲穂を引きはがした。

「驚かせてごめんなさいね、南さん。わっ、ほんとに美人さんね。みんなが言っていただけある」

「……はい？」

初めて会ったような口ぶりが南をさらに混乱させる。

南の困惑ぶりに気づいたのか、咲穂がハッとしたように続ける。

「ローマで瀬那くんに紹介される直前にコンタクトが外れちゃって、南さんの顔がよく見えなかったの。ドが付く近眼でね」

「眼鏡もかけ忘れたそうだ」

彼女の説明に碧唯が付け加える。

「ふたりきりになったときに、『でも、ぼんやりして……』って呟いたのは……」

「そうなの。さすがに初対面なのに至近距離で見るわけにはいかないでしょう？　そうしたいのはやまやまだったんだけど」

咲穂が口元に手を添えてふふふと笑う。

（そ、そうだったんだ……）

〝みんなは美人だって言うけど、ぼんやりした顔。大したことないわ〟

そんな具合に、てっきり南に対する宣戦布告のようなものだと勘違いしていた。

碧唯に好意があって、いきなり現れた婚約者の南を排除したいのだとばかり。

そういえばとふと思い出す。咲穂はしきりに目を擦ったり、碧唯をじっと見つめたりしていなかったか。よく見えないからこその仕草だ。

強張っていた全身から力が抜けていく。

その場に座り込みそうなほどの脱力感に見舞われ、ふらっと目眩に襲われる。

「お、おいっ、南？　どうした？　大丈夫か？」

碧唯に肩を抱かれて、なんとか足を踏ん張った。

「うん、平気。ごめんね」

「また熱がぶり返したのかと思った」

「南さん、体調を崩してたの？　大丈夫？」

咲穂にまで心配され、取り繕って笑顔で返す。

「ごめんなさい、大丈夫です」

「武井がいきなり抱きついたりするからだ」

「もうっ、なによそれ。ほんと瀬那くんってば冷たいんだから」

シッシと追い払うようにした碧唯に彼女は不満顔を向けた。

たしかに碧唯の態度は容赦がない。

「南さん、聞いてくれる？　瀬那くんね、外務省でも女性嫌いで有名なのよ」

「女性嫌い？」

予想外の言葉が咲穂の口から飛び出した。

「べつに嫌いってわけじゃない」

「そう？　方々から言い寄られるのにことごとく振るから、最近はゲイなんじゃないかって噂まで立つくらいだったの」

「ゲイ⁉」

「おい、余計なことを言うな」

碧唯の制止もなんのその。咲穂はそれを逆におもしろがって続ける。

「それがローマにいきなりフィアンセだって南さんを連れてきたでしょう？　みんなびっくりよ」

「……私も今、びっくりしました」

そんな噂を立てられていたのも、女性をあますところなく振っていたのも。もちろん昔からモテていたのは知っているけれど。

「日本に南さんがいたからだったのね」

「おい、武井、もうそのくらいにしろ。待ち合わせじゃなかったのか？」

「あっ、そうだったわ。いけない、彼を待たせちゃう」

咲穂は腕時計で時間を確かめると、慌てたように「じゃ、またね！」と手をひらひら振って駆け出した。

ヒールの音を響かせて彼女の後ろ姿がどんどん遠くなっていくのを見送りつつ、車に乗り込む。

「咲穂さん、彼氏いるんだね」

「近々結婚するらしい」

「そうなの？　私ずっと誤解してた」

「誤解？」

エンジンをかけて徐々に走りだしながら、左側を確かめつつ碧唯が南を見る。

「咲穂さんは碧唯を好きだって」

「武井が俺を？　ないない」

碧唯はオーバーすぎるくらいに首を振って否定した。

「ローマでも碧唯に抱きついたり、この前も庁舎の前で腕を組んだりしてたから」

「武井はフランス育ちのせいか、他人との距離感が日本人とは違って。いつも注意はしてるけど、なかなか直らない」

「フランス育ちなんだ……」

それでようやく納得した。ヨーロッパの人たちはスキンシップの度合いが日本とは違うだろうから。それは碧唯とローマに行ったときにも感じた。

「庁舎の前で腕を組んでたのも、彼女にとっては普通。もちろんすぐに引きはがしたけど。その話も南とはしなきゃならないと思ってた」

「咲穂さんとの腕組み？」

「いや、南が庁舎に訪れたほう」

「あ、それはその……碧唯とずっとすれ違いだったたから、一度きちんと話をしたくて行ったの。でも私にも気づかずにタクシーに乗っていっちゃってね……」

咲穂の事情を知った今なら誤解だとわかるが、そのときはふたりが想い合っているんじゃないかと勘繰って、ひどく傷ついた。

「悪かった。武井とは一緒にタクシーに乗ったけど、彼女の自宅の最寄り駅で降ろしたから」

「うん。もう咲穂さんとの仲は誤解してないよ」

でもそれが、翌日の口喧嘩に繋がったのも事実だ。沖山にマンションまで送られたあとの碧唯との言い争いは、今思い出しても悲しくなる。

それと同時に、ああして心の内を吐き出したのが今のふたりに繋がっているとも思えた。

「俺は南しか見えてないから」

「──っ、突然そんなこと言わないで。心臓に悪い」

思わず胸を両手で押さえる。手のひらに強い鼓動を感じた。

「それはずいぶんだな。俺の言葉は幽霊かなにかか」

「違うけど。……でもうれしい。私も碧唯だけだよ」

素直にそう言えるようになったのは確実な進歩だ。

もう本心を奥底に隠したまま、押し込めておく必要はない。

碧唯の横顔に少し照れたような笑みが浮かんだ。

その夜のダイニングバー・ロマンジュは珍しくお客が誰ひとりおらず、南と碧唯の貸し切り状態だった。

「どうして誰もいないんですか？」

カウンターに並んで座るなり、マスターの宮沢に不躾な言葉をぶつける。

「まぁそんな夜もありますよ。今夜はおふたりのためだけにお店を開いたということにしておきましょう」

宮沢が穏やかな笑みで返す。

ふたりのためだけのロマンジュ。なんて素敵な響きだろう。二度目のスタートを切る南たちにはもってこいのシチュエーションだ。

「ところでおふたりでいらっしゃるのはお久しぶりですね」

宮沢の言葉に違和感を覚える。

「……〝おふたりで〟って？　もしかして碧唯は来てたの？」

碧唯と宮沢の顔を交互に見比べる。

「マスター」

嗜めるような声色で碧唯がマスターを見た。

言わないでほしかったという空気が伝わってくる。

宮沢は口元を引きしめ、目線を少し下げて謝罪の意を表した。

「誰かと来てたの？」

「……ひとり」

ほんとに？という意味を込めて宮沢を見ると、軽く頷き返された。

「南が外務省の前で俺と武井を見かけた夜も、彼女を自宅に送り届けたあとここに寄っていたから帰りが遅くなった」

「よく来ていたのなら私を誘ってくれてもよかったのに」

ロマンジュはふたりを繋げてきた大事な場所。ひとりだけで通っていたなんてちょっと薄情だ。

「それじゃここへ寄る意味がない」

「碧唯の言っている意味がわからない」

「とりあえず飲もう」

碧唯の言葉に宮沢が「いつものでよろしいですか？」と反応する。

それに揃って「はい」と返した。

シャカシャカとシェイカーの小気味いい音が響く中、店内に控えめなジャズが流れる。ここに流れる時間と空気が、南は大好きだ。でもそれはたぶん、碧唯とふたりでいるからこそだったのだと思う。

この場所でふたり一緒に過ごす時間が、仕事漬けの毎日にほんのりと彩りを添えていた。決して頻繁とは言えない碧唯からの連絡を、心のどこかで待ちわびていたのだ。

「お待たせいたしました」

ほどなくしてモスコミュールとミモザがふたりの前に置かれた。

グラスを傾けて、ふたりの再出発を祝う。オレンジジュースの甘酸っぱさとスパークリングワインの清涼感が口いっぱいに広がるように、心も満たされていく気がした。

『今度こそ覚悟しておけよ』

体調を崩してお預けを食った夜に碧唯からかけられた言葉が、南を緊張させている。ロマンジュで軽く飲み、夕食も済ませてマンションに帰ってきた南たちは、順番にお風呂に入ったところである。

今夜こそ正真正銘、ふたりが結ばれる。そう考えるだけで先ほどから心臓は忙しなく高鳴り、早々に寝室のベッドに寝転んだ南はクマのぬいぐるみを抱えてあっちを向いたりこっちを向いたりと、落ち着かない様子でいた。

ドアが開いて碧唯が入ってくると、今度は呼吸のリズムが速まる。

「これは必要ない」

ベッドに腰を下ろした碧唯が南からクマを取り上げる。

「あっ！」

「コイツに抱いてもらうつもりか？」

「そうじゃないけど落ち着かなくて」

「そんなことに構っていられなくするから心配するな」

南を優しく組み伏せる手とは裏腹に、熱のこもった眼差しは射るように強い。目だけでなく、碧唯の全身から煽情的なオーラが漂ってきた。

南を跨いだまま体を起こし、着ていたTシャツを一気に脱ぎ去る。途端に匂い立つような色香が溢れ、それで窒息しそうになる。

「南も脱ごうか」

「あ、ちょっ、ちょっと待って」

パジャマの裾を持ち上げた碧唯の手を押さえる。

「待たないと何度言ったらわかる？　俺はもう我慢の限界。見ればわかるだろ？」

いったいなにを？と思ったそばから、碧唯が目線を下げる。それにつられて視線を下ろしていくと、そこにハーフパンツを持ち上げるほど力強いものの存在を見つけた。いけないものを見てしまったようで、とっさに目を逸らす。

「南を抱きたくてしょうがない。こんな状態になるから、毎晩ロマンジュで時間を潰すしかなかったんだ」

「……どういう意味？」

「初めて抱いたあと、こっそり泣いてただろ」

ドキッとした。

「知ってたの？」

寝息を立てていたからてっきり眠っているものだと思っていたが、まさか見られていたとは。

「俺に抱かれて、そんなに嫌だったのかって考えたら南を抱くわけにはいかなくなった。だから毎晩残業してロマンジュで時間を潰して、南が寝た頃に帰ってきた」

そんな事情を抱えてロマンジュにひとりで行っていたのかと、驚きとともにうれしさが込み上げてくる。

「私が泣いたのは、友情婚だったのに好きになっちゃったからだよ」

決して嫌だったわけではない。むしろその逆。自分の気持ちに気づいて、どうしたらいいのかわからず不安に襲われた末の涙だった。

「それに離婚も口にしてたし」

「離婚？」

碧唯が訝しげに目を細める。

「『もしも万が一、離婚になっても』って。最初から離婚ありきの結婚を提案してたでしょう？」

碧唯は盛大にため息をつきながら首を横に振った。

「あれは南に結婚を了承させるため」

「……了承させるため？」

「なにしろ俺の片想いは年季が入ってる。南から男ができたと知らされたときに好きだと気づいたから、相当昔だ」

「えっ、そんなに前から⁉」

南はまだ大学四年生だった。そのときから好きでいてくれたのだとしたら、かれこれ七年近くになる。

「引いたか？」

「引かないけど、どうして言ってくれなかったの？　っていうか、私が失恋して碧唯のマンションに泊まったときだって、指一本触れなかったのに。あれはあれで私ちょっとショックだったんだから。女として見られていないんだなって」

「失恋のどさくさに紛れて体を奪うなんて卑怯だろ。それにイタリア赴任も決まっていたから」

南を想うがゆえに手を出さなかったと知り、胸がむず痒い。

「紳士なんだね」

「今頃知ったのか」

「私、バカね」

友情の影に隠れていた自分の気持ちにもっと早く気づいていたら……。

後悔に包まれそうになったが、そうではないと考えなおす。

今こうしてふたりでいられるのは、そんな回り道があったから。

遠回りしたからこそ大切なものに気づいた。

「碧唯と結婚できてよかった」

「もう逃がさないからな」

「うん。私も絶対に碧唯を離さない」

鼻先を擦り合い、微笑み合う。

唇が触れ合ったそばから甘い吐息がこぼれ、こらえきれずに侵入してきた碧唯の舌はすぐさま南のそれを探しあてた。

ぬるりとした感触が南の体を粟立たせ、甘く痺れさせる。

上顎をくすぐっては舌を絡ませ合い、どんどん上がっていくキスの温度。それに夢中になっているうちに服を脱がされ、気づいたときにはなにも纏っていなかった。

「今夜は最後までしてね」

この前のように中途半端で終わりじゃなく、碧唯と最後まで。南の今の願いは、それただひとつだ。

「そんなかわいいこと言うなよ」

鼻先を軽く食み、耳元でそっと囁く。

「心配するな、何度でも最後までしてやる。南がもう嫌って言って、腰が砕けても止めてやらない」

「そんなに？」

「そんなに」

「南がそのくらい好きなんだ。観念しろ」

碧唯の〝好き〟が南の胸を撃ち抜く。それはとても強力で、途方もなく甘美な言葉だった。

「観念します。でも私も碧唯が大好きだって忘れないでね」

「絶対に忘れない。死んでも忘れない」

体中に降るキスの雨。碧唯の唇と指先に乱され、寝室が淫猥な空気で満ちてくる。

何度も好きと言い合い、キスを交わし合う。
いよいよ彼と繋がったその瞬間を、南はきっと一生忘れない。
初夜よりも濃密で、官能に強く色塗られ、心ごとさらうような瞬間を。
「南、愛してる」
耳から脳神経まで侵しそうな彼の甘い声は媚薬(びやく)だ。
南の『私も愛してる』という言葉は、彼の熱烈なキスにのみ込まれていった。

生涯愛すると誓いますか？

ふたりが心を通わせ合ってから二カ月半が過ぎていった。

お互いに仕事は忙しいものの、結婚当初のすれ違いが嘘のよう。毎日仲良く楽しくやっている。

十一月中旬、季節は秋の終わりに差しかかる頃。頬をくすぐる風にも時折冷たさを覚え、街を彩る街路樹も赤や黄色の色味を帯びてきた。

土曜日の午後、南は千賀子と小西の三人でおいしいパンケーキが食べられるカフェへ来ていた。

心地のいい風を感じようと丸テーブルのテラス席に陣取る。

「南の結婚式まであと少しだね！」

千賀子がホットカフェラテのカップについた口紅を指で拭いつつ呟く。

結婚式まで残り二週間、急ピッチで進めた準備もなんとか終わり、あとは当日を迎えるだけである。

「南のウエディングドレス姿、楽しみ」

「それまで太らないようにしなくちゃ」

「それなのにパンケーキ食いに来たのかよ」

「あ、ほんとだね」

小西に鋭く突っ込まれ肩をすくめる。

ここで摂取したカロリー分、マンションにあるジムで汗を流そうと心に決める。

「千賀子も小西くんも、友人代表のスピーチ、よろしくね」

千賀子は南の友人として、小西は碧唯の友人としてスピーチを披露する予定である。

「任せて」

「任せとけ」

ふたり揃って力強い言葉が返ってきた。頼もしい友人である。

「大変お待たせいたしました」

店のスタッフがお待ちかねのパンケーキを運んできた。

ストロベリーやマカダミアナッツクリーム、キャラメルバナナなど三種類のパンケーキがそれぞれの前に置かれた。どれも見た目がオシャレでおいしそうだ。

「いただきます」

フォークとナイフを揃って持ち、南はキャラメルバナナパンケーキを口に運んだ。

「んーっ、おいしい」

舌触りがきめ細かく、しっとりとしながらふわふわな食感がたまらない。

「うわぁ、やわらかーい」

「うまっ」

千賀子と小西も大絶賛だ。さすが人気店だけある。

「だけどせっかくなら今日、瀬那さんにも会いたかったな」

千賀子が残念そうにパンケーキをナイフで切り分ける。

「そうだよな。突然出張になって残念だったな」

小西の言う通り、碧唯はただいま絶賛出張中である。古巣のイタリアに昨日飛び、帰りは三日後の予定になっている。

「ここだけの話だけど、小西くんはどうなの？」

「どうって？　なんの話？」

生クリームを唇につけたまま、小西が千賀子を見る。

「南の結婚。どう思ってるの？」

いったいなにを聞くつもりなのか、小西と一緒に南も千賀子を見つめた。

「高校からの友人の結婚式だぞ？　瀬那さんだって大事な先輩だし、おめでたい以外になにがある?」

まったくその通りである。

南は深く頷いた。

「えー? 本当にそう? 心から祝福できる?」

「なんだよ、なにが聞きたいんだ?」

疑いを深める千賀子に小西は苛立ちを隠せない。

「そうだよ、千賀子。どうしたの?」

「南をずっと好きだったでしょ?」

小西は飲んでいたホットコーヒーを噴き出しそうになった。

慌ててナフキンで口元を拭い、千賀子を恨めしげに睨む。

「な、なんだよ、それ」

「そうよ、千賀子。変なこと言わないで」

いきなりなにを言い出すかと思えば、小西が南を好きだなんてありえない。

「だって、いつも南の話を私に聞きたがったじゃないの。それって南を好きだからでしょう? 男の気配はあるのかとか、好きなヤツはいるのかとか」

そういえば以前、千賀子が南にもそう言っていた記憶がある。そのときは笑い飛ばして流したけれど。

「そ、それは……」

小西は急に狼狽えて目を泳がせた。

あからさまに挙動不審、怪しさたっぷりだ。

「瀬那さんはイタリアだし、この際ここで潔く認めて、大々的に失恋しちゃったほうがいいよ？ いつまでも引きずるよりスパッと諦めもつくから」

「ちょっと千賀子ってば……！」

手を伸ばし、フォークを握る千賀子の腕を掴んで揺する。

突然変な空気にしないでほしい。

すると小西はナイフとフォークを置き、踏ん切りをつけたように真顔になった。

「いいか、ふたりとも。ここだけの話だからな」

「わかってる。聞いたあとはすぐに忘れるから」

千賀子も真顔で深く頷き返した。

「瀬那さんに頼まれてた」

「……へ？」

「え？」

ここで碧唯の名前が出てくるとは思いもせず、千賀子と揃って間抜けな声が出た。

「イタリアにいる間、南の動向を探っておいてくれって」

「どういうこと？」

南の代わりに千賀子が尋ね返す。

「南に変な虫がつかないように見張ってくれって言われたんだよ」

「なんで？」

「そんなの瀬那さんが南を好きだからに決まってんだろ。だから千賀子に南の近況をしつこく聞いてたわけ」

思いがけない暴露話だった。

碧唯が小西にそんな頼みをしていたとは――。

「瀬那さんに絶対言うなよ？　特に南、言ったら許さないからな。ばらしたのが瀬那さんの耳に入ったらただじゃ済まされない」

小西は自分をかき抱くようにして、ぶるっと身震いをした。

「い、言わないけど……」

そんなふうにして南を見守る――いや、見張っていたなんて考えもしなかった。

「なーんだ、そうだったのー」

息を詰めて聞いていた千賀子が、気が抜けたような声を出す。

「南は俺にとって友達以外のなにものでもない。瀬那さんには『南に惚れたり手を出したりしたら東京湾に沈める』って冗談交じりに脅されたけど」

「碧唯ってば物騒すぎる！」

「それくらい南を好きだったんだろ」

「うわぁ、南、愛されてるね」

普通に聞いていたら重い愛だが、相手が碧唯だから幸せにすら思える。そこまで想ってくれていたのだと、また新たに愛が深まるのを感じた。

「だいたい俺にはちゃんと好きな女がいるし」

「え？　そうなの？」

それはまったくの初耳だ。

「相手はぜーんぜん気づいちゃいないけどな」

小西は両肩を上げ下げしておどけた表情をした。

「友達？」

「うん、まぁそうだな」

「私も知ってる人？」

南が質問を重ねていく。

さっきは千賀子が主導権を握っていたが、今度は自分だとインタビュアーに徹する。

「よく知ってる」

「えっ、誰だろう……」

一緒に考えようと視線を千賀子に移してハッとした。

南がよく知っている、小西とも共通の友人といったら千賀子しか考えられない。

「もしかして」

「千賀子だよ」

南が答え合わせをするまでもなく、小西が名前を口にした。

「なっ、なによいきなり」

「いきなりって、全然気づかないから俺もそろそろ痺れを切らせただけ」

「だって南を好きだって思ってたから……」

千賀子の顔がみるみるうちに真っ赤になっていく。

それってもしかして――。

「千賀子も、なの？」

長い間、友達として付き合ってきたからこそ、相手の想いに鈍感になる。

今ある関係を壊すのが怖くて、臆病になって、いつでも逃げ出せる構えになる。自分の気持ちにふたをして、友達に徹して、長い長い遠回り。

小西は口をぽかんと開けたまま固まっていた。

「よかったね、小西くん」

そう南が声をかけて初めて、彼の時間が再び動きだす。

「千賀子……」

「悔しいけど、私も小西くんが好きよ」

千賀子も潔く認め、その場がにわかにハッピーな空気に包まれる。

「ふたりが恋人になったお祝いに、ここは私がごちそうしちゃう！」

大事な友人ふたりが、南の目の前で新たな一歩を踏み出した。

二週間後――。

木々が赤や黄色に色づいた高原リゾート、ラ・ルーチェで南と碧唯の結婚式が執り行われようとしていた。

森から舞い降りた二枚の葉が重なり合った姿がモチーフとなったガーデンチャペルは、新郎新婦ふたりの想いが重なり合うようにも見える。

「いかがでしょうか？」

控室でヘアメイクと着替えを終えた南は、鏡に映り込んだ担当の観月ににっこり微笑みを向けられた。

顎下から緩くふわっと巻いたダウンスタイルにきめ細かな肌にラメを利かせた華やかなメイクは、南をいつも以上に美しく見せる。

「とっても素敵です。ありがとうございます」

「お気に召していただけてなによりです。すぐに新郎さまをお呼びしますね」

観月が控室を出てしばらくするとノックとともにドアが開き、碧唯が入ってきた。

グレーのタキシードに身を包んだ彼を見て目眩を覚える。

普段ラフにまとめられているヘアスタイルはきっちり整えられ、知的な顔立ちをいっそう引き立てる。その美丈夫ぶりに胸のときめきが止まらない。

見つめ合ったまま、ゆっくり近づいてきた碧唯が南の前に立った。

手を取られ、そっと立たされる。

「南、とっても綺麗だ。……いや、綺麗なんて言葉じゃ言い表せない」

「碧唯こそ、素敵すぎて私のほうが恥ずかしくなっちゃう」

思わず目を逸らした南の頬を、碧唯の手が包み込む。

「よく見て。俺は南だけのものだ」

間近で揺れるふたつの瞳から南を捕らえて離さない。

「……私も碧唯だけのものだよ」

艶やかな唇に碧唯がそっと自分のそれを重ねる。

「参ったな。南を誰にも見せたくなくなった。自慢してやりたい気持ちでいたのに、俺の腕の中だけに閉じ込めておきたい」

独占欲にまみれた言葉が南の胸を高鳴らせる。

「それじゃ結婚式、ボイコットする？」

南が飛ばしたジョークに、碧唯はふっと笑みをこぼした。

「それはナイスアイデアだな。ここからこっそり抜け出して、森をふたりで駆け抜けようか」

「このドレスで走れるかな」

「心配いらない。お姫さま抱っこしてやる」

逃げる算段をしていたそのとき、ドアをノックされる音が聞こえてきた。

「はい」

碧唯の返事を待って開かれたドアからブライダルアテンダーが顔を覗かせる。

「そろそろお時間ですが、ご準備はよろしいでしょうか」

万事休す。碧唯と顔を見合わせ、笑い合う。

「はい、万端です」

アテンダーに答え、控室をあとにした。


清々しい空気の中、ガーデンチャペルで誓いの儀式を終え、木立の中に建てられたオープンエアのバンケットでのパーティーとなる。

千賀子のスピーチにほろりと泣かされ、小西のスピーチには大いに笑った。

ふたりはあのあと順調に交際を重ねている。

政府の要人も招いた披露宴だったため、堅苦しいものになるのではないかと不安視していたが、清々しい空気に包まれた会場のおかげか終始リラックスムードで進んでいく。

歓談の時間となり、立食形式をとった会場内は賑やかな社交の場と化していた。

「碧唯、南ちゃん、おめでとう」

そう声をかけてきたのは碧唯の兄・史哉とその妻・美織だった。

史哉は碧唯に勝るとも劣らない容姿をしており、画になるふたりである。

琉球ガラス工芸家という美織も控えめで、とても美しい女性だ。

「兄さん、ありがとう」

「ありがとうございます」

碧唯と揃って微笑み返した。

「叔父さんから縁談を持ち込まれても断っていた理由は南ちゃんだったんだな」

「それを言うなら兄さんもだろう？」

碧唯が史哉に意味ありげな笑顔を向ける。

ふたりに首を横に振り続けられたその叔父は、うれしそうに碧唯の両親とお酒を酌み交わしている。

純粋に甥っ子の将来を心配して、あれこれ話を持ちかけていたのだろう。人の好さが滲み出ている顔だ。

「美織さんは琉球ガラスを作っていらっしゃるんですよね？　今度、工房にお邪魔してもいいですか？」

「もちろんです」

美織が大きく頷いたそのとき、「ママー！」と声がした。

美織と同時に振り向いた先に、人波をかき分けて走り寄ってくる男の子の姿。美織の息子の陽向である。

南たちの結婚式ではリングボーイを務めてくれた。幼いながらも一人前に、ボウタイに黒いタキシード姿が愛らしい。

「陽向、たくさん人がいるところではゆっくり歩こうか」

陽向の目線に合わせてかがみ込んだ美織が優しく諭す。陽向は素直に「うん！」と元気よく返した。

「陽向くん、さっきはありがとうね。とってもカッコよかったわ」

南も腰を屈め、陽向に賛辞を贈る。

「みなみちゃんもかわいいね」

「えーっ、ほんと⁉」

にっこり微笑まれ、胸がきゅうんとありえない音を立てた。

「ね、南ちゃん、お姫さまみたいよね」

美織の言葉に大きく頷いて続ける。

「ぼくとけっこんする？」

結婚式でべつの男性からプロポーズされる、驚くべき展開が巻き起こった。

その場が大きな笑いに包まれる。

「こら、陽向。南は俺と結婚したんだ。横取りは許さないぞ」

「あおいおじちゃんと？　そうなの？」

しゅんと眉尻を下げ、南に聞き返す目はとても残念そうだ。

「ごめんね、そうなんだ。さっき陽向くんが指輪を運んでくれたでしょう？　それが結婚の証なのよ」

左手の薬指に輝くリングを陽向の顔の前に出す。

「けっこんのあかし？　じゃあ、ぼくもしょうらい、そのわっかをかわいいこにあげる！」

「そうね」

「陽向、誰彼構わずにあげたらダメだぞ？　ここぞというときに、ただひとりにだけだ。いいな？」

「うん！　ひとりだけ！」

陽向は両方の手で人差し指を立て、その場でぴょんぴょん飛び跳ねた。

披露宴を終え、南たちはリゾート内のヴィラへやってきた。

川のせせらぎに包まれた、隠れ家のような客室が点在するリゾートは、夕暮れを迎えて神秘的な色に満ちている。赤や黄色に色づいた山間の木々がヴィラからも見え、上質な部屋に飾られた一枚の絵画のよう。とても美しい。

スイート仕様となった部屋は露天風呂もある贅沢な造り。一泊では堪能しきれないほど豪華だが、その反面とても木のぬくもりに溢れた落ち着く内装になっている。

「やっとふたりきりになれた」

部屋に入るなり碧唯に背中から抱きしめられた。

「普段からふたりきりなのに」

クスクス笑いながら碧唯のほうに体を反転させる。

「揚げ足を取るな」

額と額をコツンとぶつけ合い、瞳の中にお互いを映し合う。

まるでこの世にふたりしかいないように錯覚してしまう。

「南の綺麗なウエディングドレス姿、本気で誰にも見せたくなかった」

「逃げ損ねちゃったね」

「ああ、まったくだ。でもここからは……」

碧唯は南に軽く口づけをしてから続けた。

「俺だけの南だ」

「私だけの碧唯だね」

微笑み合いながら、もう一度唇が重なる。

「お風呂にする？　それとも、そのままベッド？」

「……碧唯のご希望は？」

「一緒にシャワーを浴びて、南の体を隅々まで洗いたい」

今にも唇が触れ合う距離で碧唯が囁く。

吐息がかかっただけで背筋がぞくりと甘く痺れた。

「なんか……エッチ」

「いやらしいことするんだからあたり前だ。もちろんそのあとはベッドでたっぷり」

ちょっと意地悪に口角を上げて笑う顔に妖艶さが漂う。

「それに南は子どもが欲しいんじゃなかったのか？」

「うん。陽向くんを見て、やっぱりいいなって思っちゃった」

存在自体がかわいい。もちろん育児がそれだけでは済まされないものだとわかっている。大きな責任を負うものだとも。

それでもやはり——。

「碧唯との子どもが欲しい」

ふたりの愛の結晶が。

「何人作る？」

「そうね……三人は欲しいかな」

男の子でも女の子でも。うるさいくらいに賑やかなほうがいい。

「お望み通りに」

碧唯は「行こう」と南の手を引きバスルームへ誘った。

広いパウダールームでお互いの服を脱がせ合い、素肌を晒していく。そうしている間にもキスを交わし、湿り気を帯びたリップ音がふたりを煽るように響く。

「南の肌、もう桜色に染まってる」

「だって碧唯が……」

「俺がなに？」

「いやらしい手つきで触れるから」

服を脱がせるのとは関係なく、素肌を這う指先がエロティシズムを感じさせるのがいけない。

その眼差しも同じく。

今にもはらりはらりとこぼれ落ちるのではないかと心配になるくらい、男の色香に満ちた目で見つめられれば、肌が朱色に染まってもなんらおかしくない。

「何度も言わせるな。いやらしい行為をしようとしてるんだから。それに南が淫らな体をしてるのが悪い」

「淫らって」

「これでも違う？」

「やっ……！」

隠すものがなにひとつなくなった体の中心部を、碧唯の長い指先が伝う。

どんな状況になっているのかは南自身が一番よくわかっていた。

「碧唯の意地悪」

勝ち誇ったような笑みを浮かべ、碧唯は奪うようにして南に口づけをした。

それはとろけるほど甘く、長い夜の序章。

なだれ込んだバスルームでひとしきり抱き合ったあと、濡れた体が乾く間もなく移動したベッドルームで、朝日がふたりを照らすときまで熱い吐息を交わし合った。

パパとママは仲良しがいいでしょう?

どうやら時間の経過は、幸せの度合いで速まるようだ。

挙式から七カ月が経った。

またたく間、超高速……速さを表す言葉の中に〝幸せな時間〟を付け加えたいと考えるほど、碧唯は満ち足りた日々を過ごしている。

眠りにつく瞬間に南が隣にいる和らぎ、ふと真夜中に目覚めたときに彼女の体温がそばにある安堵、朝焼けの空をふたりで見られる喜び。そんな些細(ささい)な瞬間は、碧唯にとってなによりの幸せである。

休日の朝、ベッドでまどろんでいると、シャワーを浴びてきた南が肩を落として碧唯の隣に潜り込んできた。

眉をハの字にしたしょんぼり顔の南からシャンプーが香る。

「どうした?」

「……また来ちゃった」

「来たってなにが?」

そう聞いてから息をのむ。たぶん〝アレ〟だとピンときた。

妊活している夫婦、特に妻にとってもっとも歓迎しない客、生理である。

「もーっ、どうして毎月きっちり予定通りに来るの」

「そう焦るな」

「焦るよー。入籍してもうすぐ一年になるのに……」

南は碧唯にしがみつき、胸に顔を押しつけた。その背中を抱き寄せ、髪にキスを落とす。

「俺は南とふたりでも十分幸せだけど」

「それは私もそうだけど……」

口にこそ出さないが、そのあとに『子どもも欲しいの』というフレーズが続くのは安易に想像がつく。

「よく言うだろう？　仲良し夫婦のところには神様が嫉妬して子どもを授けないって」

「そんなの初耳だけどそうなの？」

「たぶん」

「たぶんって」

どこかで小耳に挟んだファンタジックな話だ。信憑性も確実性もまったくない。

だが、それも一理あるのではないかとこの頃は思いはじめていた。

自分たちほど仲のいい夫婦はいないだろうと自信を持って言えるからだ。

「……それじゃ、碧唯と仲良くするのやめようかな」

「え？」

「仲がいいのがダメなら、喧嘩すればいいんでしょう？」

あくまでも真顔。南は本気だと言わんばかりだ。

「南がそうしたいって言うなら」

「……喧嘩する？」

碧唯の目の奥を覗き込むようにする。かすかに期待しているように見える南の髪をくしゃっと撫でた。

「望むところだと言ってやりたいが」

上体を起こして南の手を拘束する。

「そんな不毛な喧嘩をするつもりはない」

唇を優しく重ねるだけのキスをして、彼女の体を起こした。

「うじうじ考えていても仕方がない。せっかくの休みだ、どこかに出かけよう」

「雨降ってるけど」

南は窓のほうを見ながら指を差した。

どうりでレースのカーテンから射す光が弱いわけだ。六月下旬の梅雨空は今日も健在らしい。

「雨が降ってない場所を目指してドライブしよう」

「……え？」

だけど梅雨だよ、と南の目が言っている。どこもかしこも雨降りだと言いたそうな顔だ。

「雨雲は全部繋がっているわけじゃないんだから、日本のどこかにきっと晴れ間はあるはずだ。もちろん南の体調次第ではあるけれど」

生理痛でつらいというのなら無理強いはできない。

「どうする？」

小首を傾げ、迷う南の答えを待つ。

碧唯にしてみれば雨だろうが晴れだろうが、南と一緒ならまったくもって関係ない。

「そうね、行く。晴れ空を探すなんて、ちょっと楽しそう」

曇っていた南の顔に光が射したようになる。

「決まりだな」

碧唯は勢いをつけてベッドから下りた。

身支度を整えて車に乗り込み、地下駐車場からいざ地上へ。フロントガラスをパラパラと打ちつける雨がふたりを出迎えた。

「遠くまで分厚い雲に覆われてるけど、晴れてる場所なんてほんとにあるのかな」

空は一面、グレーの雲。切れ間さえ見えない。

「さすがに日本中を隈なく覆う雲なんてないはずだ」

「探しているうちに北や西の果てに行っちゃったりして」

「行き先不明のミステリーツアーみたいで楽しいじゃないか。明日も休みだから、どこかで泊まってもいい」

行きあたりばったりのドライブもたまにはいいだろう。

「それ素敵」

南はぱぁっと顔を輝かせた。

生理がきたと落ち込んでいたのが嘘のよう。俄然(がぜん)楽しくなってきたみたいだ。

「天気予報アプリで雨雲レーダーをチェックするのはアリ?」

「闇雲に走っても仕方ないから、それくらいはヨシとしようか」

南はバッグからスマートフォンを取り出してアプリを立ち上げた。

「どう？」

「そうね……ここからだと西の方角なら雲は少なめかもしれない」

赤信号で止まったタイミングで、南が雨雲レーダーを表示させた画面を見せる。

広域にした地図には広範囲にわたって雨雲がかかり、降水量を表す色も濃いが、彼女の言うように西に行くにつれて薄くなっていた。

「了解」

碧唯はそれをサッと確認し、ハンドルを大きく左に切った。

雨を蹴り、高速道路をひた走る。八王子(はちおうじ)を過ぎ、甲府(こうふ)も通り越し、車は長野(ながの)の諏訪(すわ)に差しかかった。

途中サービスエリアのコーヒーショップで買ったアイスコーヒーは、氷が解けてカップに汗をかかせていた。

「あっ、碧唯、見て！」

南がうれしそうに前方を指差す。その指の遥か先、碧唯たちが向かう方角に、灰色の雲の切れ間からわずかに青空が顔を覗かせていた。

たったそれだけのこと。雨雲の間から青空が見えただけなのに、キャラに相応しくもなく宝物を探しあてたような高揚感が胸の奥からせり上がってくる。

「見つけたな」

「うん」

車が進むに従い、青空がぐんぐん迫ってきた。

少しずつ小降りになった雨はやがてぴたりとやみ、碧唯たちの乗った車を太陽が照らす。雲に隠されていた腹いせか、それとも夏間近だからか、いつも以上に強い光だ。

高速道路から一般道に降り、山間の開けた場所で車を停めた。

「降りようか」

南を誘い、助手席を回って彼女の手を引く。外は、通り過ぎた雨の湿った匂いが残っていた。濡れた木々や草花が太陽の光で艶めいている。

「ほんとにあったね」

「だから言っただろう?」

得意げに笑う。

どこかには絶対にあると思っていたが、見つからなかったらシャレにならない。じつはホッとしているのは内緒だ。

遠くにまだ雲を抱える青空に向かって両腕を広げ、ふたり揃って深呼吸をする。仕事漬けだった体の中に爽快な空気を取り込んだ。

「こうやって青空を見つけたみたいに、いつかきっと子どもも、俺たちを見つけてくれるんじゃないか。陽向が言っていたそうだ」

「陽向くんが？　なんて？」

南が目をくるくるさせて聞き返す。

「空の上からママを見つけたって」

「陽向くん、空から見てたの？」

「そうらしい」

にわかには信じがたい話だが、陽向が嘘をつくとも思えない。

「だからきっといつか俺たちを見つけるはずだ。もしかしたら今こうしているうちにも、遠い空の上から探しているかもしれない」

「それじゃ、碧唯ともっと仲良しなところ見せつけておかなきゃ。パパとママは仲良しがいいでしょう？」

「もちろん」

微笑みながら碧唯を見た、南の唇に願いを込めてキスをする。

こんなにも幸せなふたりのもとにやってこないわけはない。それこそ取り合いのはずだ。

空の上で繰り広げられる争奪戦を想像して笑みがこぼれる。

きっともうすぐ。

確信めいた想いで南と雨上がりの空を見上げた。

ふたりのもとにうれしい知らせが舞い込んだのは、それからわずか三カ月後のことだった。

特別書き下ろし番外編

ずっと探し求めていたもの

忙しさの中に一瞬でも煌めく瞬間があれば、人は幸せを感じて生きていける。

少なくともそう感じている南は、一瞬どころか二十四時間あますところなく幸せを感じて生きていると言ってもいい。

根底で堅く強い友情で結ばれながら、南たちはその上に愛情を築き上げてきた。

ふたりの間に宿った新しい命は、公園の青もみじやブナの木が芽吹く頃に産声をあげ、ただいま生後三カ月。杏樹(あんじゅ)と名づけられた娘は、南と碧唯に昼夜を問わず愛を振りまいている。

その愛くるしさに南も碧唯も日々ノックアウトされっぱなし。夜泣きが収まらず眠れない夜があっても、ぐずってどう手をつけたらいいのかわからないときがあっても、杏樹がひとたび笑えばそれだけですべてがチャラになる。

赤ちゃんは最強だ。

ちなみに〝あんじゅ〟という名前はフランス語の〝天使〟を意味する言葉でもあるが、ふたりがよく行くロマンジュにも由来している。

あの場所は南と碧唯にとってはじまりの場でもある特別な場所だ。

マスターの宮沢にそう話すと、「いやぁ、うれしいですね」と照れくさそうに頭をかいた。

外務省本省での碧唯の仕事も順調。南は現在育休中だが、ゆくゆくは杏樹を保育園に預けて職場に復帰する予定である。

ある日曜日の朝、碧唯とふたりベッドでまどろんでいると、同室のベビーベッドで目覚めた杏樹が「ふえっふえっ」と泣き声をあげた。ミルクの時間のようだ。

「杏樹、お腹が空いちゃったかな？」

彼女のベッドに行き杏樹を抱き上げる。

「ふえっ」

「うんうん、そうなの～。今ママがミルクを作ってきてあげますからね～」

碧唯のそばに杏樹を下ろすと、彼もゆっくりと起き上がった。

昨夜甘い時間を過ごしたあとショーツだけで寝てしまったらしく、筋肉質の上体がさらされる。髪をかき上げる仕草が惜しげもなく色っぽく、朝からドキッとして目のやり場に困るが、今はそれどころではない。

「ちょっとパパのそばで待っててね」

南の言葉に杏樹が「あーうー」と反応すると、碧唯はクスクス笑いだした。

「どしたの?」

「いや、いつも思うけど杏樹に話すときの南の声、どこから出してる?ってくらい高いな」

「え? そう? っていうか普通じゃない?」

赤ちゃんに話しかけるときにいつものトーンのほうがおかしいだろう。赤ちゃん言葉になるほうが、むしろ普通だ。

「碧唯だってそうでしょう?」

「いいや、俺はいつものまま。この調子で変わらないよ」

「え? そう?」

思い返してみるが、たしかにそうかもしれない。碧唯は杏樹に対しても大人に接するのと同じだ。

(赤ちゃんを相手にしてるのに全然変わらないってすごいよね)

目尻は下がるしデレデレした表情はするけれど、しゃべり方はいつものスタイルを崩さない。会話だけ聞いていたら相手は大人だと思うくらいに。

「あーあーあー」

お腹が空いたのに放置された杏樹が痺れを切らせて声をあげる。

「ごめん、杏樹。今すぐミルク作ってくるね。碧唯、オムツ替えしてあげて」

「了解」

南は寝室を出てキッチンに向かった。

出産すれば母乳は誰でも普通に出るものだと思っていたが、南は違っていた。出たのは出産直後だけ。それも微量で杏樹のお腹を満たすにはほど遠かった。

搾乳器で絞っても痛いばかりで全然出ず、潔く粉ミルクに切り替えた。母乳にこだわって、杏樹がお腹を空かせるより断然いい。

ミルクを作り終えて寝室のドアを開けようとすると、中から碧唯の声が聞こえてきた。

「キレイキレイにしような〜。うん、そうでちゅか、気持ちいいでちゅか〜」

「あーうー」

おおよそ碧唯とは思えない声の調子と会話に耳を疑う。

「……え？」

聞き違いかと思って耳を澄ませると――。

「よかったでちゅねー。杏樹がうれしいとパパもうれしいなぁ」

デレデレを通り越しメロメロ。杏樹に骨抜きにされた碧唯の弾む声が続いた。

(なーんだ、碧唯だって全然違うじゃない。赤ちゃん言葉丸出だし)

普段見せる大人な彼とのギャップに笑いが込み上げる。たぶん南のいないところではいつもそうだったのだろう。

南はわざと足音を立てて自分の存在を知らせ、ドアを開けて中に入った。

「お待たせ」

「今、オムツ替えが終わったところだ。な？　杏樹」

つい今しがた杏樹にかけていた猫なで声はどこへいったのか、碧唯は通常モードに切り替えた。

「そう、よかったね、杏樹」

「あーあー」

南に応えるように杏樹が声をあげる。

「じゃあ次はミルクね」

碧唯は南から手渡された哺乳瓶を膝に抱いた杏樹にあてがった。

「おいしいか？」

杏樹に注がれる彼の眼差しは、どこまでも慈しみ深い。

そんな碧唯を見つめながら、先ほどの彼を思い出してついクスッと笑う。

（あの碧唯が赤ちゃん言葉なんて……）

「なに」

「ううん、なんでもない」

訝しげに南を見る彼に首を横に振る。

たぶんあの姿は杏樹だけのもの。暴くのは酷な気がしたため、なにも見ていないふりに徹しようと決めた。

「ね、碧唯、今日はなにか予定ある？」

「ん？　特別ないけど。どこか行きたい？」

「うん。美織さんの工房に行きたいな」

碧唯の兄の奥さんであり南の義姉は、都内で琉球ガラスの工房を開いている。

工房は不定休だが、確認したら今日はやっているという。

「なにか欲しいものでもあるのか」

「うん、千賀子と小西くんの結婚のお祝いにペアグラスをプレゼントしようかなと思って」

順調に交際を重ねたふたりは来月、結婚式を控えている。

南と碧唯が友達はじまりだったように、千賀子と小西も最初は友達からだった。お互いに長く想い合いながら、なんとなくすれ違っていたふたりもいよいよ結婚。南も感慨深いものがある。友達の幸せな話はやっぱりうれしい。

「わかった、行こう」

碧唯は快く頷いた。

前回、美織の工房を訪れたのは出産前だから、じつに五カ月ぶりになる。

『琉球ガラス工房・ゆくる』と看板が立てられた工房は、濃紺のタイルを使ったモダンな外観が、オシャレで洗練された街並みの中でもひと際目を引く。

「こんにちは」

「あら、南さん！」

ガラス扉を開けて碧唯と声を揃えて中に入ると、美織は併設されたギャラリーから顔を覗かせた。

長い髪をひとつに束ね、グリーンのワークエプロンをかけたカジュアルなスタイルなのに美しさは相変わらずだ。

「いらっしゃい。杏樹ちゃんも一緒なのね。こんにちは、杏樹ちゃん」

碧唯に抱っこされた杏樹ににこやかに語りかける。

車でひと眠りしてすっきりしたのか、杏樹も愛想よく「だあだあ」と返した。

「今日はどうしたの？」

「結婚する友人へのお祝いに、琉球ガラスのペアグラスとかどうかなと思って」

工房内には製作に使用する道具が整然と並び、炉の窓からは真っ赤に燃えたガラスが見える。一度だけここで吹きガラスを体験させてもらったが、なかなか難しく苦戦したものだ。

「それはありがとうございます。そういうことなら、ちょうどいい感じのものがあるんだけど」

南たちは美織に案内されギャラリーに足を踏み入れた。

色とりどりのガラス製品が並ぶそこは、見ているだけで心が弾む。琉球ガラスならではの気泡と丸みを帯びた形状がかわいらしい。

「いつ来ても美織さんの作品って素敵だし癒される。ね、碧唯」

振り返ると、碧唯はべつの棚の作品をあれこれ手に取って眺めていた。杏樹を抱っこしながらだから慎重だ。

「ああ、ほんとにいい作品を作るよな」

「ありがとう」

美織は優しく微笑みながら「これなんだけど」と棚からグラスを手に取った。

ハートの形をしたピンク色のグラスだ。

「沖縄の鮮やかな花をイメージして作ったシリーズものなの」

「すごくかわいい！」

ころんとした丸みもほっこりする。

「それ、いいな」

「ね、とっても素敵」

美織から差し出されて手にすると、ほどよく重みがあって高級感もある。

「青系、緑系、黄色系と揃ってるから、色を変えてペアで選んだらどうかしら？」

美織に言われて棚に目を移すと、そこには同じ形をしたグラスがカラーバリエーション豊かに並んでいた。

「わぁ、素敵。これ、迷っちゃうなぁ」

南のテンションが伝わったのか、碧唯に抱っこされた杏樹も「きゃきゃきゃ」と声をあげる。足までバタバタさせ大喜びだ。

「杏樹も気に入ったみたいだな」

「何色がいいかな。千賀子はピンクって柄じゃないけど、ここはやっぱり暖色系と寒色系で選んだほうがペアっぽいよね？」

「そうだな。ピンクを選ばないならオレンジ系は？」

「あ、そうね、そうしよう。それじゃ小西くんは？」

彼のイメージだと青だ、いや緑だと迷いに迷う。杏樹も交えた三人で楽しく選び、碧唯が「せっかくだから俺たちの分も」と言うので、グラスを購入して工房をあとにした。


その日の夜、杏樹を寝かしつけてリビングに戻ると、碧唯がキッチンから呼びかけてきた。

「久しぶりに飲まないか？」

「お酒？　うん、飲みたい」

妊娠中はもちろん、出産後もアルコールはちょっと口をつける程度。一度だけ杏樹を母に預けて碧唯とロマンジュへ行ったが、そのときも一杯飲んだだけだった。

「ビール？　ワイン？」

なにを飲むのだろうと碧唯に問いかける。

「いや。ちょっと待ってて」

ビールでもワインでもないとしたらなんだろうか。

（日本酒？　でも、ふたりで飲んだことはないし……）

ソファに座って待っていると、ほどなくしてシャカシャカと聞き覚えのある音が聞こえてきた。

（もしかしてカクテルでも作ってるの？　シェイカーなんてあったかな）

不思議に思いつつキッチンのほうに首を伸ばすと、碧唯がグラスをふたつ手にして現れた。

「そのグラス……」

南の隣に座った碧唯がテーブルグラスを置いた。

気泡の入った透明のグラスは昼間、千賀子たちの結婚祝いと一緒に買ったものだ。沖縄の夜空に煌めく星をちりばめたよう。

「早速使ってみた」

「飲み物が入ると、また違った味わいがあるね」

碧唯の前に置かれたグラスの中身は薄い黄色、南のは濃いオレンジ色だ。

「中身はなに？」

「南のはミモザで、俺のは」

「もしかしてモスコミュール？」

ロマンジュでふたりが決まって飲むカクテルだ。

「ロマンジュにはなかなか行けないから、南に作ってあげようと思って道具だけは揃えていたんだ。これというグラスがなくて延び延びになってたけど」

「シャカシャカって聞こえてきたから、なになに？ってびっくりしちゃった」

「いきなり出して驚かせる魂胆（こんたん）」

「じゃあ大成功ね」

得意げに笑う碧唯に笑い返す。

ふたりでよく飲んだカクテルを自宅で飲めるなんてうれしいサプライズだ。

「飲んでもいい？」

「もちろん」

「じゃあ早速」

手に取ったグラスを傾けて乾杯。口をつけると、オレンジジュースの甘酸っぱい風味にスパークリングワインの炭酸がシュワッと弾けた。

「――んん、おいしい」

「だろう」

「ロマンジュで飲むのと同じ。すごいね、碧唯。もう行かなくてもいいかも」

ここで碧唯が作ってくれるのなら行く必要はなくなる。

「それはマスターに恨まれるな」

「ふふ、たしかに。それにあそこで飲むからいいっていうのもあるしね」

なにしろあの場所はふたりにとって大切な場所だから。

あの夜あのタイミングにあそこで飲んだから、結婚の話になったのかもしれない。

ほかの場所ではそうはいかなかった可能性もある。

何事もタイミングと縁が肝心だと南は思う。

「ああ。でも、こっちもなかなかイケる」

モスコミュールに口をつけ自画自賛だ。

「あ、なにかおつまみ作ればよかったね。チーズとかあるかな」

立ち上がろうとした南の手を碧唯が掴む。

「つまみならある」

「え？　どこに？」

テーブルにはカクテルグラスがふたつ並んでいるだけだ。

もしかしたらキッチンカウンターに用意してあるとか。だったら取りに行こうと、もう一度立ち上がりかけると、碧唯はその手をぐいと引き寄せた。

反動で彼の胸に飛び込む形になる。

「ちょっ、碧唯ってば危ないでしょう？　おつまみ取ってくるから」

「だからあるって」

体勢を立てなおした南の唇に碧唯のそれが触れて離れた。

「これが俺の一番の好物」

笑った目元に滲んだ甘さに鼓動が弾む。いきなりの豹変に戸惑い、すぐに切り返せずもたつく。

「……わ、私は食べ物じゃありません」

「そう？　俺にはめちゃくちゃおいしいけど」

碧唯は自分の唇を親指で意味ありげになぞった。

（この状況はやっぱり……）

その先の展開を悟るものの、飲みかけのミモザも気になる。

「まだ飲み終わってないから」

「あとで飲めばいい」

顔を近づけてくる碧唯との距離を保とうと背中をのけ反らせる。

「せっかく冷えて飲み頃なのに」

「また作ってやる」

ことごとく反論され、力を入れた腹筋に限界が訪れた南はソファに背中から倒れ込んだ。

これ幸いと碧唯が組み敷く。

「観念しようか」

意地悪なのに色気のある眼差しに抗う術を南はまだ持っていない。

この瞳に乞われるとなんでも許したくなる。杏樹の無垢な瞳とは種類の違う威力なのだ。

もしかしたら永遠に彼の目には敵わないのかもしれないなと諦めつつ、最後の悪あがきも忘れない。

「碧唯だってまだほとんど飲んでないのに」

「南をつまみながら飲むから気にするな」

「えーずるい」

「そろそろ黙ろうか」

しーっと唇に人差し指を立て、碧唯が妖艶に微笑む。

それだけで黙らせるなんて本当にずるいなぁと思うのに、言うことを聞いて口を噤む素直な自分は嫌いではない。

「いい子だ」

ご褒美とばかりにちゅっと音を立てて唇が触れ合う。

「俺を愛してる?」

「愛してる」

「どれくらい?」

「うーん……」

南が考えているうちに待ちきれなくなったのか、碧唯は答えを聞かずに唇を奪った。

どれくらい愛しているかなんて言葉ではとても言い表せない。

それを説明しているうちに息切れを起こして失神してしまうだろうから。

あえて言うなら生きていくうえで必要な酸素の量くらい? それもまたちょっと説明不足だろう。

とにかく南にとって碧唯は必要不可欠であり、なににも代えがたい存在なのだ。

幼馴染から友人を経て夫婦になった今が一番幸せであり、その幸せは日々更新されていく。彼となら愛は不変だと思える。

「永遠を信じられるくらいに」

「それは光栄だ」

笑った碧唯の吐息がかかった唇は再び重なった。

碧唯にあり余る愛を伝えようと、想いをキスに込める。

幼い頃から南がずっと探し続けていた永遠の愛は、こんなにも近くにあったのだ。

END

あとがき

こんにちは、紅カオルです。最後までお読みくださり、ありがとうございました。

本作の発売日を持ちましてデビュー七周年。当時は、スターツ出版さんからこんなにたくさんの書籍を出せるとは想像もしていませんでした。本当に感謝のひと言に尽きます。

今回は、初めて外交官ヒーローに挑戦しました。

外交官って具体的になにするの？というレベルの認知度だったので、あらゆる資料を収集、リサーチするところからスタートです。でも結局、諸外国のすごい方たちと折衝する人という程度にしか知識が達しなかったのが情けない点です。

個人的には、作中の冒頭に登場した『マシンガントークで眠らせて』という架空のドラマの中身が気になっています。同僚の真帆に話の展開や名推理を披露してもらいたいなぁなんて。いっそ、その話を書いてしまおうかと思いましたが、どこも拾ってくれないですね（汗）。

ちなみに本編に出てきた碧唯の兄、史哉夫婦のお話も書籍化されていますので、ご興味がありましたらぜひどうぞ。甘く、ちょっぴり切ないお話です。

今回もたくさんの方に支えられ、本作をこうして世に送り出すことができました。さんば先生の美麗なイラストに励まされつつ編集作業もがんばりました。いつも親身に相談に乗ってくださり、お気遣いくださる担当様にはお世話になりっぱなしです。たくさんの読者様に手に取ってもらえる本を書くことがなによりのお返しですね。どうか皆さまに楽しんでいただき、私の次作はもちろんベリーズ文庫がもっともっと多くの方たちに読んでもらえますように。

またこのような機会を通して皆様とお会いできるのを楽しみにしています。

紅(くれない)カオル

紅カオル先生への
ファンレターのあて先

〒104-0031
東京都中央区京橋1-3-1
八重洲口大栄ビル7F
スターツ出版株式会社　書籍編集部　気付

紅カオル先生

本書へのご意見をお聞かせください

お買い上げいただき、ありがとうございます。
今後の編集の参考にさせていただきますので、
アンケートにお答えいただければ幸いです。

下記URLまたはQRコードから
アンケートページへお入りください。
https://www.berrys-cafe.jp/static/etc/bb

愛はないけれど、エリート外交官に今夜抱かれます
～御曹司の激情に溶かされる愛育婚～

2023年4月10日　初版第1刷発行

著　者　紅カオル
©Kaoru Kurenai 2023

発行人　菊地修一

デザイン　カバー　Scotch Design
フォーマット　hive & co.,ltd.

校　正　株式会社鷗来堂

編集協力　妹尾香雪

編　集　須藤典子

発行所　スターツ出版株式会社
〒104-0031
東京都中央区京橋1-3-1　八重洲口大栄ビル7F
TEL　出版マーケティンググループ　03-6202-0386
(ご注文等に関するお問い合わせ)
URL　https://starts-pub.jp/

印刷所　大日本印刷株式会社

Printed in Japan

乱丁・落丁などの不良品はお取替えいたします。
上記出版マーケティンググループまでお問い合わせください。
定価はカバーに記載されています。

ISBN 978-4-8137-1416-3　C0193

ベリーズ文庫 2023年4月発売

『孤高の御曹司は授かり妻を絶え間なく求め愛でる【財閥御曹司シリーズ黒凪家編】』 葉月りゅう・著

幼い頃に両親を事故で亡くした深春は、叔父夫婦のもとで家政婦のように扱われていた。ある日家にやってきた財閥一族の御曹司・奏飛に事情を知られると、「俺が幸せにしてみせる」と突然求婚されて!? 始まった結婚生活は予想外の溺愛の連続。奏飛に甘く溶かし尽くされた深春は、やがて愛の証を宿して…。

ISBN 978-4-8137-1414-9／定価726円（本体660円＋税10%）

『冷徹富豪のCEOは純真秘書に甘美な溺愛を放つ』 若菜モモ・著

自動車メーカーで秘書として働く沙耶は、亡き父に代わり妹の学費を工面するのに困っていた。結婚予定だった相手からも婚約破棄され孤独を感じていた時、勤め先のCEO・征司に契約結婚を持ちかけられて…!? 夫となった征司は、仕事中とは違う甘い態度で沙耶をたっぷり溺愛！ ウブな沙耶は陥落寸前で…。

ISBN 978-4-8137-1415-6／定価726円（本体660円＋税10%）

『愛はないけれど、エリート外交官に今夜抱かれます～御曹司の激情に溶かされる愛育婚～』 紅 カオル・著

両親が離婚したトラウマから恋愛を遠ざけてきた南。恋はまっぴらだけど子供に憧れを持つ彼女に、エリート外交官で幼なじみの碧唯は「友情結婚」を提案！ 友情なら気持ちが変わることなく穏やかな家庭を築けるかもと承諾するも——まるで本当の恋人のように南を甘く優しく抱く碧唯に、次第に溶かされていき…。

ISBN 978-4-8137-1416-3／定価726円（本体660円＋税10%）

『だって、君は俺の妻だから～クールな御曹司は雇われ妻を生涯愛し抜く～』 黒乃 梓・著

OLの瑠衣はお見舞いで訪れた病院で、大企業の御曹司・久弥と出会う。最低な第一印象だったが、後日偶然、再会。瑠衣の母親が闘病していることを知ると、手術費を出す代わりに契約結婚を提案してきて…。苦渋の決断で彼の契約妻になった瑠衣。いつしか本物の愛を注ぐ久弥に、瑠衣の心は乱されていき…。

ISBN 978-4-8137-1417-0／定価726円（本体660円＋税10%）

『愛してるけど、許されない恋【ベリーズ文庫極上アンソロジー】』

ベリーズ文庫初となる「不倫」をテーマにしたアンソロジーが登場！ 西ナナヲの書き下ろし新作『The Color of Love』に加え、ベリーズカフェ短編小説コンテスト受賞者3名（白山小梅、桜居かのん、鳴月齋）による、とろけるほど甘く切ない禁断の恋を描いた4作品を収録。

ISBN 978-4-8137-1418-7／定価748円（本体680円＋税10%）

ベリーズ文庫 2023年4月発売

『8度目の人生、嫌われていたはずの王太子殿下の溺愛ルートにはまりました～お飾り側妃なのでどうぞお構いなく～3』 坂野真夢（さかのまむ）・著

敵国の王太子だったオスニエルの正妃となり、双子の子宝にも恵まれ最高に幸せな日々を送るフィオナ。出産から10年後──フィオナは第三子をご懐妊！双子のアイラとオリバーは両親の愛情をたっぷり受け逞しく成長するも、とんでもないハプニングを巻き起こしてしまい…。もふもふ達が大活躍の最終巻！

ISBN 978-4-8137-1419-4／定価748円（本体680円＋税10%）

ベリーズ文庫 2023年5月発売予定

Now Printing

『【財閥御曹司シリーズ】第二弾』玉紀直・著

倒産寸前の企業の社長令嬢・澪は、ある日トラブルに巻き込まれそうになっていたところを、西園寺財閥の御曹司・魁成に助けられる。事情を知った彼は、澪に契約結婚を提案。家族を救うために愛のない結婚を決めた澪だが、強引ながらも甘い魁成の態度に心を乱されていき…。【財閥御曹司シリーズ】第二弾！

ISBN 978-4-8137-1426-2／予価660円（本体600円＋税10％）

Now Printing

『エリート救急医は不遇の契約妻への情愛を滾らせる』佐倉伊織・著

車に轢かれそうになっていた子どもを助け大ケガを負った和奏は、偶然その場に居合わせた救急医・皓河に処置される。退院後、ひょんなことから和奏がストーカー被害に遭っていることを知った皓河は彼女を自宅に連れ帰り、契約結婚を提案してきて…!?　佐倉伊織による2カ月連続刊行シリーズの第一弾！

ISBN 978-4-8137-1427-9／予価660円（本体600円＋税10％）

Now Printing

『魅惑な副操縦士の固執求愛に抗えない』水守恵蓮・著

航空整備士をしている芽唯は仕事一筋で恋から遠ざかっていた。ある日友人に騙されていった合コンでどこかミステリアスなパイロット・愁生と出会い、酔った勢いでホテルへ…！さらに、芽唯の弱みを握った彼は「条件がある。俺の女になれ」と爆弾発言。以降、なぜか構ってくる彼に芽唯は翻弄されていき…。

ISBN 978-4-8137-1428-6／予価660円（本体600円＋税10％）

Now Printing

『国際弁護士と切甘懐妊契約婚～愛してるから、妊娠するわけにはいきません～』蓮美ちま・著

弁護士事務所を営む父から、エリート国際弁護士・大和との結婚を提案された瑠衣。自分との結婚など彼は断るだろうと思うも、大和は即日プロポーズ！　交際0日で跡継ぎ目的の結婚が決まり…!?　迎えた初夜、大和は愛しいものを扱うように瑠衣を甘く抱き尽くす。彼の予想外の溺愛に身も心も溶かされて…。

ISBN 978-4-8137-1429-3／予価660円（本体600円＋税10％）

Now Printing

『きっとキミは、運命の人～記憶を失ったはずなのに、溢れる想いは止められない～』田崎くるみ・著

恋愛経験ゼロの萌は、運命的な出会いをした御曹司の遼生と結婚を前提に付き合うことに。幸せな日々を過ごしていたが、とある事情から別れることになり、やがて妊娠が発覚！　密かに娘を産み育てていたら、ある日突然彼が目の前に現れて!?　失われた時間を埋めるように、遼生の底なしの愛に包まれていき…。

ISBN 978-4-8137-1430-9／予価660円（本体600円＋税10％）

タイトル、価格等は変更になることがございますのでご了承ください。

ベリーズ文庫 2023年5月発売予定

Now Printing

『恋のライバルはイケメン揃いの四精霊！？敵国王子は守護精霊の加護持ち側妃に熱烈求愛中です！』 友野紅子（とものこうこ）・著

精霊使いの能力のせいで“呪われた王女”と呼ばれるエミリア。母国が戦争に負け、敵国王太子・ジークの側妃として嫁ぐことに。事実上の人質のはずが、なぜか予想に反した好待遇で迎えられる。しかもジークはエミリアを甘く溺愛！ジークを警戒した4人のイケメン精霊達は彼にイタズラを仕掛けてしまい…!?

ISBN 978-4-8137-1431-6／予価660円（本体600円＋税10%）

タイトル、価格等は変更になることがございますのでご了承ください。